新 潮 文 庫

子供ができました

yoshimotobanana.com 3

よしもとばなな著

新 潮 社 版

7280

目次

本文カット／百田千峰

子供ができました

yoshimotobanana.com 3

Banana's Diary

2002,7－2002,12

2002年7月1日

区役所に行き、妊娠届けだの転入届けだの印鑑登録だのを一挙にやる。なっつがおぎゃーと産まれてベビーベッドに寝ているとき、まさか将来自分の妊娠届けをいっしょに出しに行くとは夢にも思わなかった。カルマっていうのか？　これは（違うって）。

鈴やんの果てしないがんばりの末に、やっとサーバーが移行した。旅の時以外は、ばりばりとまた更新していくつもりです。最近のもろもろで執筆時間が減るので、多分質問の採用率は低くなるけど、こりずにどうぞしてみてください。いずれにしても時間はたくさんあります。

夕方はエリカ先生と話す。想像もつかなかったほどのあの落ち着き……母だから？　それともひとりっ子だから？　とにかくなんか真のやさしさみたいなのを感じさせる人だと思う。

「H」の特集につられて豪華キャストの濱《はま》マイクを観《み》る。とにかく豪華だった。映画みたい。

7月2日

いつもすてきでかっこいい、大好きな京子さんに紹介してもらった黒田アキさんが、小説を読んでなんと絵を描きおろしてくれた。まじで嬉《うれ》しかった。こういう時がいちばん「書いていてよかった」と思う。自分のストライクゾーンがすごくせまいのはわかっているが、たまに、こうして会わなくても信頼できる人に出会う。日常を共にする友達ではないが、どこか違う世界で出会っているのがお互いにわかっている。

生の絵はすごい迫力で強くひきつけられた。

その絵を持ってきてくれた慶子さんと、こってりした自然食のお昼を食べながら、霊と波動について語り合う。あやしい……あやしすぎる事務所。これはもう、誰に何を言われても仕方ないでしょう。

そしてふたりでかわいい水着を買う。

今年は腹が出ていても誰もとがめない！　嬉しいなあ……。

英会話に行って、またもや美人たちと勉強する。先生も私よりも年上なのに若くて美しい。やっぱり枠に入っていないと、人はフレッシュだ。

そこでいつも会う東《あずま》ちづるさんのお母さんも、とてもきれいだ。タイプはまるで違うんだけれど、あのにこっと感じのいい笑顔は、遺伝……。

7月3日

そういえば、マヤちゃんにこの間「『虹《にじ》』、よかったよ！　なんかむらっと来たね！」と言われたがそれって最高のほめ言葉。マヤちゃんには独特の鋭さがある。「自分の看板で立ったことがない人の仕事のつめは甘い」とか数々の名言を残している彼……いや、彼女。

電車に乗るのもつらいが、意地で、軽井沢の万平ホテルに行く。

ヒロチンコはつい「ジョンの愛したロイヤルミルクティー」を頼んでいた。本当なの？　ジョン！　生クリームがたっぷり入っていた……。

でも高原はやはり涼しく、しっとりとしていて、空気がよかった。

東京の空気は汚いなあ、とつわりなのでますます思う。

そして一日だらだらして休んで過ごす。

晩ご飯の時、あの歴史あるすてきなダイニングの後ろの席で誕生会をやっていたおじさんたちがみるみるうちに酔って静かになっていくのがおかしかった。

こういうところでゴルフをやって、別荘を持って、誕生会のディナーをするのが人生の形という世代があるんだなあ。あまりにも世界が自分とかけはなれているので、奥さんや娘さんのことまで思わず考えてしまった。

そして考えられないくらいバターっぽいでっかい鮎《あゆ》が出てきた。昔思っていたフレンチってこういう感じ。時間旅行だ。

7月4日

群馬への旅。

とても贅沢《ぜいたく》な造りの宿に泊まる。北海道に行けなくなったので、奮発した。若女将《おかみ》に一発で正体を見破られたのでびっくりした。こんな地味な顔、地味な服、地味な態度の私を見て、よくわかるなあ。

ということは渋谷で立ち食いしている時とか、買い物をしてすわりこんでじっくりと品を見ているときも、気づかれていることってあるのか……。家からねまきで出ていくときもあるし、犬を連れているときなどもはや原始人のような姿をしている私。ああ……。

それにしてもその宿は、いい意味で、あまりにもお金がかかっていた。いったい誰がどこからこんな設備を作るお金を出したのだろう？　と思うほど。日本じゃないみたい。品があるし、場所もすてきだし、広々しているし、自然をそこなってないし。奮発したかいがあった。川の音がするし、まわりはとても静かだ。若い人がきびきびと働いていた。

虫たちと戦いながら露天風呂《ぶろ》に入る。考えられないくらいエロい裸の女の人がいたので、じっくり見た。ああ生まれてきていたら、私だったらどうしただろう？　と思うほどだった。

あとで男の人とエレベーターに乗ってきたが、ゆかたでも鼻血が出そうなくらいだった。ううむ、いいものを見た。ただで。

和食は案外つわりでも食べられる。その上、おいしいごはんだった。何もかも凝った宿だ。

蛍見物に誘われるがつわりを理由にことわる。とても「どうしても悪霊《あくりょう》退治のアンビリバボーが見たい」なんて本当のことは言えなかった……。

部屋にまで風呂があり、すっかり湯だって寝た。きっと赤ん坊もゆだって温泉卵になってしまったのではないだろうか？　心配……。

7月7日

エルビス・コステロのライブ。

鈴やんのおかげで申し訳ないくらいいい席。お客さんは音楽好きそうな、私かそれより上の世代、そして外人が中心。若い人がたくさんいたのにも驚いた。

みんないつ出会ったのだ？　彼の音楽と。

昔澤くんの部屋の向かいの建物の同じ階に住んでいたという（それを聞いたらすごく身近な感じ……）、すっかりおじさんになってふっくらしたコステロ。

あんなに歌中心の人だとは思っていなかった。そしてアンコールから猛然とダッシュしはじめたのでびっくりした。若い！

歌も演奏も申し分なかったので、きっと歌詞がわかると、最高に意地悪くて暗くていっそう面白いんだろうなあ、と思った。

7月9日

半分見学でフラダンスへ。
ただひたすらに先生たちの踊りを目に焼きつける。それにしてもいっしょに習い始めたみなさんがちゃんとどんどん上手になっているので、感動してしまう。マイアミ帰りの陽子ちゃん、全然陽にやけていない。意外……。でもとてもいいところそうで、とてもうらやましかった。
カスピ海ヨーグルトの維持について語り合うが、やっぱり毎日作って一日五百ミリ食べているハルタさんのが一番いい菌だという結論に達した。今、日本で一番健康な腸を持つ女性は、彼女だろう。

7月10日

それにしてもつわりって、本当につらい。

二十四時間船酔いだ。しかも、だるくて眠いし、いつ、自分が気持ち悪くなるのか今のところまだ法則がつかめない。なので「永遠に続く気がする」というわなにおちやすい。

でも、これほどの緊張感をもって（なにせ自分以外の人間を内側に抱えている責任がある）毎日生きるのは、ものすごい病気の時と、今くらいだろう。でも、病気ではない。どちらかというとめでためのことだ。

だから、妊娠と出産に生きがいを感じる人がたくさんいるのだな、ということが今は、よくわかる。

表現をする人はあくまでネタという面があるので、半分客観的。みんなそうだ。

で、そんな今、私を和ませるものは平野レミだけだ。あんなにすばらしくなれないけど、ちょっと見習いたい。思わずレミパンを買おうかと思ったが、ふたから汁を入れる料理をする予定がないので、とりあえずものすごく強烈にテフロン加工してあるフライパンを買った。油を減らすため。

レミさんは、昔、パーティで見かけた。すてきだった。

係りの人が「お寿司《すし》がでました〜」と知らせたら、ぱーっと走るように真っ先に行って、ぱくぱく食べていた。私とナタデヒロココは、ほれぼれとそれを眺めたものだった。

7月11日

「サトラレ」など観《み》てぐずぐずする。

鶴田《つるた》さんは本当に一皮むけたって感じで、すごくいい。そしてオダギリジョーは、あまりにもはまり役すぎる。展開はわかっているのに、つい笑ってしまう。上手だなあ。

それにしても……今まで私はフライパンを使う全《すべ》ての調理を中華鍋《なべ》と、パエリア鍋でやっていたのだが、新しいフライパンの力に驚いた。ほとんど油を使ってないのに、こげつかない。オムレツもパンケーキもからりとできる。ショック。これが兵器を作っているデュポン社の技術だというのも衝撃（これはヒロチンコに聞いた）。役に立つものもあるということか？

7月12日

なっつと健ちゃんの誕生祝いをしに、焼き肉！

キムチとか、豚肉とか、「今は肉なんて無理」と思ってしょんぼりしていたが、けっこう食べるものがあって嬉《うれ》しかった。店のおじさんたちにも報告。喜んでくれた、親戚《しんせき》のように。

健ちゃんが「明日朝早いから、早めのスタートにしたい」とか言ってるので、きっと過酷な撮影でもあるんだろうと優しい気持ちになっていたら、なんと遊びに行くだけだった。しかも、深酒はしたくないというので「どうせ今、私は一滴も飲めないから大丈夫だよ」と言い、しかも何回か「それ何杯目?」とか聞いて忠告したのに、気が遠くなるまで飲んでいた。

目の前にあったら、歯止めはきかない。まるでワンちゃんだ。だからラブ子とゼリ子にあんなにも好かれるのだろう。

しかし私の妊娠と、なっつのはげを恐れる心に関するインタビューはすばらしかった。さすがプロのインタビュアーだ。ちゃんとヒロチンコにも別の角度から質問して、裏をとっていた。仕事でもないのに、次々すばらしい質問をくりだしてきた。

そして、タマちゃんを見たときの、あのきらりとした反応。マヤちゃんと全く同じ反応だった。それは、美人好きの、しかも美に関わる仕事をする人々の直感的な目だ。ううむ、プロ。

7月13日

妊婦だというのに、模様替え。部屋が夏らしくなったが、家具を動かしたのは、ちょっとやりすぎ？　と反省する。そして、クーラーをなおしに来たおじさんと、すっかりなごんだひとときを過ごした。お互いに笑顔で別れる。
夜は自由が丘に行って、バーゲンでいろいろなものを買い、さらにソテツも買った。この植物好きな私が、この変な天気に気が回らず、すっかり枯らしてしまったので、ショックを受けて二代目を買ったのだった。そして植え替えをしてた～くさんのダニとか見てぞうっとする。天候が変だと、虫も変な増え方をする。いい東京になりますように！　と思う。

7月14日

実家へ。
姉はますますパチンコがうまくなっていて、今なら猿を捕れると思うと言う。多分、彼女のことだから、本当だろう……。ウルルンに出てほしいくらいだ。

妊婦なのですっぱいものを、と寿司を作ってくれた。うまかった。

7月15日

今、私の心をひきつけているもの、それは岡本太郎。ランちゃんも大好きな、岡本太郎。

「太郎に訊《き》け！」を三冊一気に読んで、すっかり感動してしまった。いてもたってもいられず、記念館へ行く。

そうしたら、何回も行ったのに、今まで以上の感動が襲ってきた。これこそが妊婦ならではの感動かもしれない。

相変わらずアトリエもじんとくる様子だし、なんといっても立体がすばらしい。涙が出るようなものもあった。

太陽の塔や、こいのぼり（女が生まれたら、どうするんだろう……でも、うちの姉がこいのぼりを死ぬほどほしがったので、うちでは女しかいないのにこいのぼりをたてていた。だから、こんなことになってしまったのだろう）をはりきって買ってしままった。あとは岡本敏子《としこ》さんのサイン本も。

それにしても、記念館はとても落ち着いた、いい考えのもとに運営されていると思う。

見たいもの、欲しいものを、欲する人に、安く、オープンに、そしてコンスタントに。これだけのことができない施設がたくさんある日本の中で（くやしいことにヨーロッパではそれがたくさんある）、本当にすばらしい志だと思う。愛情がこもっていて、きちんとしている。敏子さんの実力がひしひしと伝わってくる。

すばらしい人はすばらしい痕跡《こんせき》を残して死んでいく。そして、心ある人にはそれが必ず伝わってくる。

だいたい、となりのカフェもすばらしい。あの感じのよさを、おおらかさを、全てのカフェが見習ってほしい、あれこそが、店だ。

その上、いつもいる、あの異常に美人なおねえさんは誰なんだろう……。あまりにも美人すぎて、この世の人とは思えない。

7月16日

フラ。

さすがにつわりで参加はできないけれど、一回だけ踊り、そしてみんなをじっと見つめる。踊りにはその人が、全部出る。それが本当に面白い。そしてうまくなればなるほど、もっともっとその人が出る。

そのあまりの正直さに、愕然《がくぜん》とした。

先生は私服で参加、とても美人。あんなふうに歳《とし》をとれたらどんなにいいだろうか。

今日もつわりをはげましてもらった。あと少しだ、がんばるぞ！

ももたさんと占いについて語り合う。占いに関連して話はいろいろ発展したが、住む場所との相性って本当に大切なんだなあ、と思った。人生を左右する。自分では気づいてないかもしれないが、たとえば慶子さんは、場所との相性が合わないと占い師みんなに言われていた実家を出てから、突然顔が明るくなり、立ち直りが早くなった。根本的な元気が全く違うって感じ。合う場所に住むっていうのは、重要だ。私も地元を離れてから、体は健康になった気がする。

帰りに、陽子ちゃんが突然かばんの中から、たくさんのたたみいわしとお菓子を出して配り始めた。ものすごい量で、ドラえもん？　とびっくりした。熱海《あたみ》からの帰りらしかった。

7月17日

波照間《はてるま》の周ちゃん、後冨底《あとふそこ》周二さんのライブ。

すばらしいなんてものではなかった。あの声は、海を相手に歌ってきた声、そしてあの手は、さとうきび畑を世話し、たくさんの若い人を助けてきた手。プロ中のプロだから、いつでもお客さんの様子を見て声を出している。

説得力、実力ともに段違い。

息を飲み、涙も流しながら、堪能《たんのう》する。

懐《なつ》かしい波照間の自然に触れたような気がして、すっかり気持ちが明るくなった。

あの才能にもたれて、もしずっと東京にいて、芸能活動をしていたら、彼はあんなに迫力を出せないだろう。あの迫力、すごみは自然そのもののすごみだ。

「いつもは海で歌うから、人の声もしないし、たばこの煙もない。だから店で歌うのはものすごく緊張する」

と言っていたのにも感動した。波照間の神様が歌う彼には宿るんだなあ。

才能っていうのは、こういうものなんだ、ごまかしはきかないんだ、としっかりした気持になった。小細工なし、力あるのみ。そしてその力は、柔軟性がある強さを持っている。

元《はじめ》ちとせもぜひ、東京を拠点にしないでほしい。そう思う。無理だもん、ここでチャージしていくのは。私はもともと江戸っ子だからかろうじて可能だけれど……。原さんすっかり酔っぱらって、いいおやじぶりを発揮。そして、帰りにはおみやげまで持たせてくれた。

「この中には俺のおいかめいが入っている」とまで言っていた、私の腹を触りながら……。

それにしても高円寺は酔っぱらいでいっぱいだ。

途中はげたおじさんが私と慶子さんを本当にうっとりとながめて「きれいだなあ～……」と言っていた。あれほど本気でほめられたことは、私たちの歴史にもあまりないかも。酔っぱらいはいろいろ甘くなっているってことで、ちょっと嬉《うれ》しかった。

7月18日

岡本太郎美術館にも行く。

なっつの出身大学の近くなので、えらく道にくわしかった。世《せ》田谷《たがや》通りが、成城のあたりでぐっと静かになって雰囲気が変わり、ちょっと緑が多くなるところがいつも好きだ。

それにしても「母の塔」すばらしかった。生田《いくた》緑地もすばらしいところだが、その奥にあんなすばらしいものがあるなんて。東京（川崎だが）にもこんな憩《いこ》いの場所があるんだなあ、とほっとした。

なっつのパパは緊急手術。人は、本当にいつどうなるかわからない。でも、それが人生の質をそこなうことを恐れることはない。病気がその人なのではないから、その人の人生は何も損なわれない。なっつのパパは、それにふさわしい人生を送ってきている。

それにしても最近の病院の医者は脅す脅す……という話をなっつから聞いた。本当に元気な人の息の根が止まってしまいそうなくらいだ。いつも最悪を想定するのはいいことかもしれないが、医者には「最善を尽くします、きっとよくなります」くらい言ってほしいものだ。

7月19日

で、手術は成功した。よかった。

なっつのママは、あいかわらず飛ばしていたらしい。

医者「こういうふうになったら薬を入れますから」

ママ「え？　筋弛緩《しかん》剤？」

とか、そういうすごいこといろいろ。さすがだ。

ママ「今は、まだちょっと早すぎる。今、未亡人になったら、まだ若く美しすぎて、たいへんなことになっちゃう」とも言っていた。

差し入れのさくらんぼでちょっと元気になったようで、とてもよかった。

7月21日

日曜日なので、またつい岡本太郎美術館に行ってしまう。

作品数はだんとつに多いのだと思うけれど、彼のスピリットを感じる分量は記念館の方が多い気がする。鐘も自由に叩《たた》いていいし！

生田緑地を散歩して、ヒロチンコにも母の塔を見せた。すごく喜んでいた。そして近所にできたインドカレー屋に行ってみる。つわりゆえにあまり味がわからずさほど食べられなかったが、多分、すごくおいしかった。雰囲気もよかった。インドの人達が気さくにてきぱき働いていた。

7月22日

このところ、仕事上で大きなトラブルがあった。ものすごくストレスフルだった。自分にどのレベルを課せばいいのかは、ある程度経験で判断できる。しかし、他人の人生（仕事のやり方）にどこまでのことを要求できるかは、むつかしい。そこの判断は人それぞれだ。

でも今回のことは「そりゃあ、いくらなんでも、ないだろう」っていうことだったので、比較的頭がはっきりしていた。だめなことは断固としてだめだ。

人から見たら、小説は読まれ、親はかろうじて生きているし、結婚もしているし、健康で、さらに妊婦。なんと恵まれ、豊かな環境にいると思われても仕方ないし、実際そうだろう。だから他人にも優しくしてあげなさいということなのだろう。でもそれに甘んじていては、小説がだれる。その上、私の人生はいつも地獄だったし、それは今でもそうだ。私にとっては生きているだけで地獄なのだ。それはどの状況でも変わらない。

これは、説明する気もないし、人それぞれの問題なので、多くを語る気はない。表に出して甘える気もない。

ただ、その地獄の中にもほんの少しの光や希望がある。ちょっとした憩《いこ》いのひときもある。また、何よりもこの地球や自然やその一環としての人というものが、私をひきあげてくれることがある。だから、生命を全うしたほうがいいよ、というのが、私のいつも書いていることだ。

つまり、いつでも遺言みたいなものなのだと思う。

遺言をおろそかにする人には、決して手渡したくない。ただそれだけのことだ。おろそかのレベルは人それぞれだが、そのレベルが違う人にはたくせない。正直言って、ゲラや原稿に触ってほしくないし、運んでほしくもないくらいだ。自分の作品はすばらしいとは思わない、ただ、一度しか書けない心のこもったものだというのは確かだ。食べるためにでも、人のためでも、家族のためでもなく、ただ、天から来たものを人々にお返ししているだけだ。

私も若く弱いし、三日に一回くらいはどうしようもなく甘えた状態になるし、何よりも経験が不足している。ずるいところもたくさんあるし、お調子者で、口ばかりで、いやなことからはすぐ逃げる、最低の人間だ。

でも、そのなかにもちょっとましな部分がある。だめなところを恥じるのではなく、ぶつけていくしかない。ぶつけて、嫌われて、好かれて、進んでいくしかないのだと思う。

それで合わなかったら、円満にとは行かなくても、別れていくのが自然だと思う。ヨーロッパでの仕事は、比較的それがスムーズに行きやすいが、日本ではとてもむつかしいことだ。

が、貫いていきたいし、必ずそれができる仲間はいるはずだ。できなければ、自然に離れていくはずだ。それを貫ける人々とだけ、共に働いていこうと思う。そのためにも常に自分のレベルを、上げるまではいかなくても保っていこうと思う。なれ合いが、なによりも、日本人との仕事では敵だ。

7月23日

フラ。見学なんだけれど、みんながあまりにもむつかしいことをやっているので口を開けて見てしまった。ぽかんと。

復帰できる自信がしぼむ……でもなんとかなるでしょう！体を動かすことって、本当にすばらしいなあと思う。言葉じゃないから。

ももたさんにかわいいプレゼントをもらう。趣味に統一感がある人って、プレゼントもその人らしくて、嬉《うれ》しい。彼女は近来まれに見る美人だと思うけれど（顔の表情や仕草がものすごくきれい）、まだまだ底力を発揮できてない感じ。まずは太るんだ！　とめしをむりやり食べさせる。

7月24日

誕生日なのに（だからか？）、出血大サービス。

って、笑い事じゃない、夜中にけっこうたくさん出血し、びくびくして検診に行った。

この間の心理状態はただならぬものがあった。どきどきして眠れないほど。

いくら小さいとはいえ、相手は他人なので、自分に落ち度があったかしら～と思ってしまうものです。二センチくらいのこびとを、いつでもつぶさないように持っている状態、まあそれが妊婦というもの。

でも、高齢だからいつでも流産は覚悟している。今も。だってそれはさだめだから、しかたない。悪いことでもないし。だからといって、ベストをつくさないってことではない。

でも病院では「出血も、流産もよくあること。なすすべは特にないので、すべてさだめ。でもがんばりましょう」とわりとみんな冷静なので、かえって救われた。命を扱っている人達らしい、立派な態度だった。

で、診察したら子供は元気だった。

先生「ほら、手を振ってるよ〜、あ、足だった」

というわけで、おぎょうぎが悪いのは、私似。

今日驚いたのは「心配でしょうから、ご主人にも見てもらってもいいんですが、診察台を見るとショックを受けるだんなさまがいるので、そのへんはどうですか?」という話題があったことだった。もちろんヒロチンコはそんなことなく、いっしょになって超音波診断を見て、生きている胎児に感動していた。だいたい、あれにショックを受けていて、その人達、どうやって、子供つくったんだろう？　と思ってしまった。

ま、まさか見ないでつくった？

血を抜かれながらも、ほっとしてお昼を食べて、都築《つづき》先生のやっている「えびす秘宝館」を見に行き、宇宙人に卵子を抜き取られて性の奴隷《どれい》サイボーグになっている人々や、保存される胎児などを見る。胎教にいいなあ〜!!!

この秘宝館、鳥羽《とば》の時は、とても有名な場所で、春菊さんもかなり細かくルポしていた。いつか行ってみたいと思っていたので、嬉しかった。すてきなバースデイ。

帰るとポストに健ちゃんからの誕生日プレゼント。わざわざ寄ってくれたらしい。心身共にへとへとで気が抜けていたので、うれし涙が出ました。

ついでに長く仲違《なかたが》いをしていた友達とも仲直り。そのことではにこにこして一日を過ごした。つらいからはずしてあった写真もまた壁に貼《は》った。遠く離れた場所に住んでいるけど、仲直りできたことで私だけではなく、彼も一日にこにこだったと周囲の人から聞いた。

昼寝して、誕生日だから、寿司《すし》を食べに行く。

普段の三割くらいしか食べられないつわり状態だったけど、おいしかったのでけっこう食べることができた。

今日も「マシューTV」でのレミを見て、幸せに眠る。

7月25日

サイキックのお姉さんのところへ、暑中見舞い。

すてきなリングをもらった。先生の手作りで、さんごがいっぱいで、えらくかわいい。彼女の本当に優しい心根が反映されていた。

彼女によると、おなかの子はいろいろなことを主張していて面白い。なかなかはっきりした性格のよう。私とヒロチンコが心配症なのがうざくて「今、タイミングが悪いなら次回にしようか？」とまで言っているらしい。こまる〜、つわりは一回で充分！　だいたい次回っていつぐらい先のこと？　来世？

ということで、「今回にしておこうや」とおなかの中の人を説得してみる。

イザベル・アジェンデも言っていたが、おなかの中の人の性格は、母親には絶対わかる。夢に見るし、ちょうど合宿でずっと同じ人といる感じ。これを思うと、たとえ外に出てからよだれをたらしぶぶぶ言っていても、赤ん坊だからといって、人はあなどれない。もう人格の相当な部分が決定している。そう言えばなっつも、赤ん坊の頃と全く性格が変わっていない。いやなものはいやというあの態度（よくふとんをかけてあげてはねのけられたっけ)、好きなことはどこまでも熱心なところ。

帽子を買って、なっつとお茶。平和な感じの夕方だった。

7月26日

結子が家に寄ってうちの猫を見て「ビーちゃんとタマちゃんは『お互いに猫だなあ』と思っているっていう程度の相性ね……」と言っていた。それって、すごく悪いってことだよなあ。「お互い人間だと思うという程度の相性」とひきくらべるとよくわかる。せっかく仲のいいカップルにしようと思ったのに、ままならないものだ。

私の誕生会。しかし、次郎くんと父と石森さんと原さんは「女はひかがみ(膝《ひざ》の裏のところ)だ」という話を、心から楽しそうに、かなり熱心にしていた。おじさんだなあ、みんな。

てるちゃんやちほちゃんも来て、男性の調教について語っていた。上級になると、もう目線ひとつで相手の男性は「塩、足りなかった?」とか「クーラーの温度、低かった?」とか言いたいことを察してくれるようになるらしい。おばさんだなあ、みんな。

姉の作った大量のコロッケなどを楽しく食べる。気のおけない人達は、顔を見るだけで嬉しい。

7月27日

大量に食べるときっちり下痢をして、全然体重が増えない。減る一方。コロッケを五個も食べてごきげんだったのだが。妊婦って、これからもりかえすっていうけど、もりかえしすぎないようにしたいものだ。

私がいつでも「これは太刀打ちできない」と思うのが、南米の人達の小説。さらに「年齢的にも経験的にも霊能力でも文でも人としても負けた」と心からいさぎよく思うのが、イザベル・アジェンデ。前に英文でちょっと読んだら、訳文ではわからないおそろしい言葉のニュアンスの渦が襲ってきて驚いた。

彼女のとても悲しい自伝小説「パウラ、水泡《みなわ》なすもろき命」(国書刊行会)を読んで、このところ泣いてばかりいた。植物状態になったお嬢さんを看病する日誌。文がうますぎる。冷静かつ熱く、霊的なことに大きく開かれた彼女の人生観。現実にもとても強い。はかりしれない女性だ。

そして、訳文がまた、すばらしい。誰かと思えば、昔「狼《おおかみ》が連れだって走る月」という大好きな本を書いた管啓次郎《すがけいじろう》という人だった。これは、黄金の組み合わせかも。

タマのおしっこしたシーツを毎日洗濯するまるで育児の日々。あまりにもくさいのでノイローゼ気味。

ついに洗濯機買い換えにふみきった。

いつもコジマに行くと後悔するのに、ついまた近いので行ってしまった。暑くて、秋葉原とか渋谷に行くのが面倒だったのだ。そしてまたしっかりと後悔した。あの「売ればいい」っていう感じ。調子のいいうそまでつく。それでもまあまだきちんとしていて一生懸命説明してくれたおじさんに、レジの若造が「いいからフロアに戻って!」なんてどなっている。いやな場所だ。二度とは行くまい……。

7月28日

ホームセンターに行って、消臭剤とかビニールシートとか買う。全《すべ》ておしっこ対策。

帰りにどんぶりと湯飲みも買った。

夜は慶子さんの暴走カーに乗せてもらい、横浜の赤レンガ倉庫へ。なんだか大人っぽくて、すてきな場所だった。店も毛色が変わっていて面白い。思ったよりもずっといい感じ。お台場みたいなところかと思ってた。

サンディー先生と先輩たちのすばらしいライブ。涙がたくさん出た。先生は天才歌手アンド踊り手。人の心をふるわせる声を持っている。歳《とし》をとるほどにきれいになっていく。

そして、ハワイから先生の先生や先生の同僚(?)十三歳の天才フラガール、ピカケさんも来ていた。日に日にうまく神々《こうごう》しくなり、美しく輝く彼女。あまりにもすごすぎて、あっけにとられた。あれが世界一のレベルなんだなあ。フラ界では。

帰りに陽子ちゃんが寄ってスイカを食べていくが、思わずみんなで辻《つじ》先生の「情熱大陸」を観《み》てしまった。

パリのホテルでワープロを打ちながら、今、書いたところを読み上げてる……、そして「彼のために一曲歌おう!」なんて言って、ギターを出して歌い出してる……。「いま、全てを白紙に戻して再出発することが……」とか語っている。すごいなあ。

全て私には絶対できないことばっかりで、うらやましいとさえ。

そしてあの番組で私が語り上げた「竹井さんはやくざですね」とか「できちゃった結婚で」とか「子種をくれるって言われたんですが」とかいうところが全てカットされたわけが、ようくわかった。やっぱり、熱く語らないといかんかった。

7月29日

松家さんのインタビュー、写真は広瀬くん。同行はなっつ。いつものメンツだけれど、なんだか懐《なつ》かしい感じ。近所の炭火焼きの店で、じっくりとトマトや蟹《かに》を焼きながら、食べる。

なっつの嫌いななすと山芋がいっぱい出てきて笑った。夏はしかたないよなあ。

いっぱい食べることができて嬉しい反面、やっぱり食べすぎて下痢した。

よくできてる〜！　っていうよりも、もったいない！

もうつわりにはあきたというのが、正直な気持ち。

普通の時が思い出せないけど、今、思い出せても悲しいので、これでいいっていう感じだ。

7月30日

英会話のあと、なっつのお父さんの退院祝いの金魚を下見に行く。ベタが肺呼吸だっていうことを知って、びっくりした。だから、小さな瓶に入れてよく売られているのか！　なんで酸素がないのに死なないんだろう？　といつも疑問に思っていたのだ。

いくつになっても、発見はあるものだ。

茶沢通りマッドマンのお兄さんは、今日買わない私たちにも、事細かにていねいにいろいろ教えてくれて、とても感じがよかった。魚が好きなんだというのが伝わってきた。

帰ると、澤くんの翻訳が届いていた。英語ができないので細かくは言えないが、私のもともとの文よりも論理的で読みやすく、かつ単語の選び方が知的で、すばらしい訳だと思えた。どんなすばらしい本になるか、楽しみだ。あとは奈良くんの絵を見るのが、死ぬほど楽しみ。

外国の人に読んでもらえる本になりますように、と思う。

7月31日

暑い！　ものすごく暑い！

暑さのあまり、何もできずに家にいた……わけではない。洗濯機の取り付け工事に、十二時から六時までに来ると言われていたので待っていたのです。来たのは、夜の九時。そんなにも、ずれるなら、いっそ時間指定なしにしてほしい。そして、工事の人が「これは蛇口が合ってないから、水道局に電話して蛇口を換えてもらえ」と言う。「もしかしてこうつないだらどうでしょう？」なんて言っても「むりむりむり」と言って全然聞いてくれない。で、彼が帰ってからヒロチンコがつないだら、ばっちりとつなげた。なんなんだ？

しかしあの人達も気の毒だ。無理な時間内につめこむだけ仕事をつめこまれ、いつも時間は押し気味で、いつも苦情が来っぱなし。炎天下で一日中作業、さらには人とのふれあいはそういうわけで一切ない。あんな非人間的な環境で働いていたら、創意工夫をしようとか、自分のおかげで電器製品がそれぞれのうちに届いてよかったな、なんて思うこともないのだろう。

もう、何がどうなっても、コジマではものを買わない。あそこのやり方は全部、俺のスローライフのさまたげだ!

昔、台車を盗んだだけのことはある相性であった。

8月1日

新宿に「精霊たちの家」の新装版を買いに行く。昔読んだけれど、どこかに行ってしまったので。ぱらぱらと見て、映画(『愛と精霊の家』後から観《み》た)がいかに忠実だったかをあらためて知り、驚く。それにしてもメリル・ストリープが、はたち前の役までやっていたときにはびっくりしたが、クラーラ役にはあの人しかいないという判断もすごくよくわかる。あの「危険な情事」に出ていたこわい女優さん(名前を、忘れた……)演じる義理の姉が、唯一《ゆいいつ》慕って信頼する人っていう説得力は、あの人にしか出せなかったと思う。ふたりがお茶をしながらうちとけるシーンは、今も心に残っている。メリル・ストリープがうますぎたことが。義理の姉はプライドが高すぎて、弟の結婚についていってクラーラといっしょに暮らしたいけれど、それが言えない。長い沈黙の後に、クラーラがうむを言わさない優しさと笑顔で「もう心配はいらない、いっしょに暮らしましょう」とかなんとか言う場面だ。全然人間味のない、浮世離れしたサイキックのクラーラの雰囲気がよく出ていた。

実在の人物だっていうのが、また、ものすごいことだ。

ついでにバーニーズに寄って、優しくかわいいお姉さんたちの笑顔を見たら、つわりも吹き飛んだ。小林さんはベトナム帰りで、驚くほど黒かった。そしてさらに驚くほど尖《とが》った石のリングを買う。そしてグッドウィルで驚くほど赤く蛇の巻いているアンティークのリングをすすめられるが、それは、あまりにも驚いたのでさすがの私もひいた。

今は、肌に石が触るようなものが心地いい。夏だからだろう。金属は汗でかゆくなる。

8月2日

ものすごい天気。夕方なのに真っ暗だった。歯にいいようにとマリー・エレーヌさんのアパタイトのヘッドを買い、パトリスの本に載っていた簡単なグラタンの材料をあわてて買い、大嵐《おおあらし》の中を帰る。東京にいるんじゃないみたいで、面白かった。下水口から水がふきあげていた。

タクシーの運転手さん「もう、前が見えないから、帰るよ……」

悲しいコメントだけれど、お互いに笑ってしまった。

ももたさんに借りたお芝居のビデオを観ていたら、昔同棲《どうせい》していたがんちゃんとそのバンドの人達がこわいくらいたくさん出ていた。働いているなあ！　と感心する。伊藤よっちゃん、全然老《ふ》けてないので、驚く。ああいう仕事の人はいつまでも若いなあ。

しかし長かった。長くて長くて、話のいいところもかき消えたほどだ。劇場にいる全ての人々に尊敬さえ感じる長さだった。

夜は、ジョン・レノンのトリビュートライブを見て、心なごむ。MOBYとショーン君が、いっしょに歌っていて、気味が悪かった。もうひとりの人も、すごかった。すごい組み合わせの三人だった。後で思い出したら「夢で見たライブか？」と思うだろう。

テロに対する、アメリカの人のああいう、まっすぐな姿勢にはやはり胸打たれる。

私は戦争に反対なので、アメリカの政策はどうかともちろん思っているが、あのビルの後にビルの形の青い光の塔が立ったときは、思わずもらい泣きした。みんな見上げて、自分の死んだ家族や恋人が、あの、光の塔の中で普通に働いていて、夜帰ってきてくれたら、と思っただろう。

どうせいつか死ぬなら、有意義に自爆して死のう、という考えと同じだけの強さで、どうせ死ぬのになぜ殺す？　と思う。みなに天寿を全うしてもらいたい。その能力が人間には絶対にあるはずだ。

8月3日

海へ。長時間車に乗るときついが、大阪から、たった一泊でしかも車で行って帰ってきたばかりという慶子さんには負けた！　なんとかしてたどりつく。

ビールのない海なんて！　気持ち悪い時の海なんて！　と思いつつ、やっぱり水に入ると気持ちいい。ちょっと泳いで仮眠していたら、薬屋にぽこぽこ歩いて行っていたといいながら、部屋に陽子ちゃんがやってきた。なんだか、ちょっとつぐみって感じ……？

今年は腰骨を悪くした父が来なかったけれど、父の関係の人はけっこうたくさんいた。みんな海をエンジョイしているようで、よかった。

特に話さなくても「いるなあ」と思って、それでもうよかったりする。

いつも「なんでそんなに考え方が暗いの?」と思っていたみゆきちゃんもいた。大病をして死にかけて数年、今年はなんだか突然しっかりして、大人になっていた。話しやすいし、暗くもない。もしかして、それは浜崎あゆみの力? と思い、彼女の偉大さを思い知る。救ってるなあ、人を。

96度の酒を飲んだマーちゃんが、妙にクリアな感じで、目もしっかりと落ち着いていて、物静かでありながらも奇妙な発言をしていたが、そのたたずまいは知的な感じだった。

いたなあ、昔々、大麻でこうなる奴《やつ》。と、自分のわずかな麻薬体験をなつかしく思い出す。もう時効! 国外のみ! しかも妊婦!

8月4日

海の水がまるで温泉のようにぬるくてとてもすてき。今年はくらげもいない。去年はどうしたものかと思うくらいに水が冷たかったので、喜びもひとしお。

けっこうたっぷりと泳ぎ、宿で極楽の昼寝をする。

二時間くらい寝てしまった。

慶子さんは、沖で姉に浮きものを奪い取られそうになってよほどおそろしかったらしく、姉を乗せた車で雪道を下っていくという悪夢まで見ていた。気の毒だ……。ふと沖で姉を見たら、慶子さんを見つめるその目がぎらぎらと輝いていたので「あ、おぼれさせようとしてる」とすごく思ったのだが、あまりにも慶子さんのガードがかたすぎてあきらめたようだ。そして慶子さんが夢にまで見るほどおびえたのに、姉本人はそんなことすぐに忘れてえびす秘宝館の「精子、子宮」のすごい絵が描いてあるTシャツで楽しそうに泳いでいた。

この間事故で死にかけた友達もやってきた。

なんか、生きているだけで、ちょっと嬉《うれ》しい。そして、死んでいたら会えなかったんだなあ、と不思議に思う。意識がなかったときのことを、全然覚えていないそうだ。

私は、その時、読んでいた本にのっとり、少しでも力を置いていこうと思い、金色の光をイメージして、たっぷりとエネルギーをつめてベッドに横たわる彼の上に置いてきた。もちろん一言もそんなことは言わずにだ。

そうしたら彼は「何も覚えてないけど、吉本に大きな金色のものをもらって、かわりに銀色のものをあげた夢を見ていた」と言っている。

あながち、伝わらないものではないのかも、と思った。

にしても死にかけただけのことはあって、すっきりとした顔立ちになり、明るいオーラに包まれていた。生きていてくれて、本当によかった。

8月5日

フェリーで去っていく陽子を見送る……まるでつぐみだ！

やっぱり港での別れっていいなあ、と思う。船の速度がちょうど、気を紛らわせるというか。嫌いなのは、新幹線の別れ。あれ？　と思う間にもう別れているから、私ののろい速度と合わないみたい。

慶子さんもラーメンを食べて、男らしく車に乗って帰っていった。

そして代わりに？　最強の男、鈴やんがやってきた。さっきまでいた人々との別れの寂しさを味わうこともつかの間で、次々に出会いがやってくる、これが海ライフ。

いっしょにスーパーに行って、あれこれ買う。久しぶりにスーパーに行くと、いらないものまで買いたくなるのが不思議。ど田舎の人の買い物欲がよく理解できる。

鈴やんが、もう言葉にできないくらい気持ち悪い、カエルの生皮でできた、カエルのポシェットをくれた。懐妊祝いに……。ありがとう、でも、でも。なっつでさえ、手に持ってから感触にびびり、取り落としていました。

8月6日

今日もちょっと泳ぐ。いつものようにはいかないが、海があたたかいので、すごく気分がいい。でも午後はまじめにあがって休んだ。

こんもりとした日本の山ってすばらしいな、と思う。ほっとする形だ。部屋で涼しく読書をする。心はもうチリに行っている。

アルゼンチンやチリで、ある日突然家族が軍に連れ去られ、大量に虐殺《ぎゃくさつ》されたのはつい最近のことだ。その爪痕《つめあと》の生々しさを、アルゼンチンで確かにこの目で見た。それを体験し、亡命したなら、生涯そのことを題材に書いてしまうだろうな、と思った。アジェンデは、大統領だったおじさんを暗殺されている。

同じ経験をした彼女の祖国の人にとって、それを文に書いてもらったことはおおきな励ましだろうと思う。

大島さんが泳ぎすぎて口もきけないくらいに疲れ果てているのに、姉がむりやりラーメンを食べさせていた。気の毒……。そして本人は「小さい家を買ったからつつましい」と言い張っているのに、みんなで「いいなあ公務員は、豪邸を買ったね!」「乾燥機つき洗濯機! お金持ち〜」とか言ってからかい続ける。しまいには「つつましいのがいいと思ってるなんて間違ってる」とまで言われていた。いじめだ……。でもたまにはそういうこと言われた方が、いつまでも若くいられるかも。大島さんのいない海は考えられないので、いじめられても、長く海に来てほしい。

8月7日

だらだらと泳いでいたら、なっつとヒロチンコが来た。なっつが浜辺に姿をあらわしたとたんに、黒い雲が向こうからぐんぐんわいてきて、浜が暗くなった。すごいパワーだ。

でも、雨は降らなかった。ほっ。

ヒロチンコも誘って、名作「ひな菊の人生」のモデルとなった清乃の焼きそばを食べに行く。と言っても毎日食べているが、つわりでもやっぱりおいしい。

8月8日

またもや、死にかけた友達が明るい笑顔でやってくる。いっしょにアジを食べた。水槽からひきあげて、その場でさしみにしたり、焼いたりしてくれる阪神ファンの店へ。そう、うちの家族全員、なっつも含めて阪神ファン。なっつはうっとりとして「いい店だ……」と言っていた。

自分が調子悪いときは、まわりの人は自分が明るかろうが暗かろうがあんまり関係ないだろう、この苦しみは自分にしかわからん、と思っているものだと思う。でも、このところ、元気になった彼、死にかけた彼に接していて思う。それは極端な、本当に近い人としての愛情ではないかもしれない、でも、やはりひとりの人が元気で、笑っていてくれるとまわりは無条件で嬉《うれ》しいし、苦しそうにしているとまわりは無条件で悲しく重くなるものだ。だからといって無理に明るく振る舞うのは愚の骨頂だと思うが、自分の感情体験が、どんなに個人的なものであろうとまわりにどれだけ影響を与え、人を幸せにしたりするかどうかには、責任のようなものがあると思う。

彼が元気になりつつあるのが、これほど嬉しいとは、自分でも思っていなかったし、まわりもみんなそう思っているだろう。ひとりの人の生命が消えることが、どれほどまわりに影響を与えるか、よくわかった。できればいい死に方をしたいものだ。

夕方、浜で爆睡していた大島さんを突風が襲い、シートに巻き込まれてしまったのでライフセイバーがかけつけたのに、大島さんはぐるぐる巻きになってそのまま寝ていた。ライフセイバーたち、爆笑。遠くで見ていた私とヒロチンコと姉も腹が痛くなるまで笑った。

8月9日

東京近辺の空気の汚さには泣ける。東京が近づくにつれて、どんどん空気の匂《にお》いが気になってきた。私は敏感な妊婦。つわりまでぶりかえした。

どうしたものか。

妊婦でじっとしているせいか、とても内省的。小説書くにはいいのかも。で、このところの真紀子の騒ぎのあれこれと、小学生を殺した宅間という人の証言（あの価値観には、現代社会の感覚では、もう何をもってしても対抗できる手段を持たないだろう、死刑にしても全然意味がない）と、なによりもネットで猫を殺した生中継のニュース三点を観《み》て、完全に、もう、いやになってしまい、いつか日本を離れようと思った。

猫に関しては、涙も出たし、あの人を殺したいと本気で思った。何人もがそう思っただろう。

こういうケースの熱い気持ちには「ゆるし」など存在しない。私の場合。憎しみに憎しみで返すのは空《むな》しいし、戦争の場合は国のつごうに巻き込まれて一般の人が憎しみ合っているのだから別として、こういうのは、本当に現代の甘えの産物だと思う。一回刻まれて殺されてみればいいのだ。虫を殺していいのなら、猫くらい殺してもいいだろう、というたぐいの甘えには、想像力のかけらもない。ある人にとってそれが猫以上の、愛情を注ぐ存在なら、他の人はそれを想像してみるべきだ。それが人間というものではなかったのだろうか。

まあ、ああいうことは、一生本人に返っていくことだから、死ぬまで責任をとり続ければいいと思う。もし自分がしたことの重みが理解できなかったのなら、一生嫌な気持ちでいて、死ねばいい。

このところの自分の小説に、そういうタイプの次元の話と戦うものが多くなってきているのは否《いな》めない。まだあと十年くらいは、日本にいるだろう。その間に、社会的な活動はせず、小説だけで、露骨に主題が出過ぎない形で、こういうことと戦って、少しでも好きな国にしていきたい。自分なりのやり方で。

8月11日

かんぞうちゃんのダンス公演を見に行く。でも、ますますもの悲しい主題になっていた。でも、あの透けるようなもの悲しさこそが彼女の世界の真骨頂だから、もっともっと悲しくなってほしい。少女性は多少うちだしても、女性性を出しすぎないところが秀逸だと思う。

ハルタさんは久しぶりに会ったら、お顔が優しくなっていた。日傘も似合うし、ワンピースもサンダルもいい感じ。きれいだった。おいしいそば粉のクレープをすごい勢いで食べまくり、妊婦についてとか、妹さんのこととか、いろいろ話す。

そんなにつらいなら「胎児移動」をしてあげたいくらいだ、と言うので、それは何？と思いきや、山田風太郎の映画で見た技だそうだ。姫様の母体があぶなくなって、くのいちが姫様と股《また》をすりあわせると、胎児が移動してくれて代わりに妊婦になってくれるらしい。頼みたい、でも……ハルタさんと……。

ハルタさん「山田風太郎の頭の中は、いったいどうなっているんでしょう？」

本当に、そう思います、心から。

しかし、あの店員さんたち、そしてフランス人のおじさんの……あの、感じは悪くないがクールでさっぱりした接客……あそこは神楽坂《かぐらざか》にあるパリだな。ブルターニュ地方のクレープ屋はもっとおっとりしていたから、まさにパリだ。パリにいる気持ちに、ばりばりになった。

8月13日

奈良くんの絵が完成したので、見に行く。

中島デザインでの打ち合わせ。

とてもよかった。さりげなく話にそう感じなのに、気合いが入っていて長く飽きずにずっと発見があるような絵。奈良くんが新しい世界にちょっとずつ入っていっているのがわかる。兆《きざ》しが随所にあって、わくわくする。

中島さんがまたもや斬新《ざんしん》な案をいくつも練っているのも伝わってきた。人と全然違うところを見ているところが、いつでもすてき。生まれながらに人と違うところを見ているということと、それでも人にわかってほしい、人といたい、というあこがれの気持ちがあるから、誰もが「斬新だ」と思うものが生まれる。

　そしてお子さんもふたりに増えた親としての先輩らしく、いろいろなアドバイスをもらったりした。奥さんは「産む痛みはすぐ忘れるから何回でもいい、でもつわりは本当にきつい」とコメントしていたという。同感だ！　まだ産んでないが絶対同感だ！

　あと「動物とは違う」という説もよく聞く。それは前から「そうでもないんじゃないかなあ、育てる苦労とか、産まれる前の不安とか、赤ん坊の強い弱いに対する対処法とか、自分と別のデリケートな時期にある生き物に対する接し方とか、あまり変わらないのではないか」と、三時間おきに猫にミルクをやったことが何回もある私は思っていたが、やはり、あまり、変わらない気がする。まだ産まれてないけど。もちろん違うって言いたいのはわかるけれど、生き物が育つ課程というのは、やはり共通項がある。

　健ちゃんにズッカのものすごくかわいいドラえもんTシャツをもらい、喜ぶ。

　そして渋谷社長が「フジロックでのレッチリはよかったよ！」と言っているので「私も十一月行くんだけど、腹がもう大きくて、しかも全席立ち見のAブロックだけど大丈夫でしょうか？」と聞いたら、「それはもう二百パーセント、やめたほうがいいです」ときっぱり言われた。さすがのすごい説得力……。

そこで椅子《いす》席になんとか移行すべく、鈴やんにいろいろお願いした。

妊婦はわがままだなあ、でもしょうがない。

帰りに健ちゃんのおごりで奈良くんとなっつとごはんを食べる。北海道に行き損ない食べ損なったうに丼《どん》を食べて、満足した。そして奈良くんに弘前《ひろさき》の話をたくさん聞き、少し涼しいところに行った気持ち。いたこもいるような。あと、死んだ人のための人形だとか、死んだ人が二十歳になると、お相手の人形を作るとか……寒いくらい。でも弘前の展覧会はすばらしそうで、うまくいっているようで、奈良くんが嬉しそうでとてもよかった。

8月15日

結子の家で、結子のつくったおいしい卵焼きと私の持っていったおにぎりを食べて、まったりと過ごす。

かきあげを土佐酢で食べるとか、きゅうりの真ん中をスプーンでとってしまうとか、違う文化って面白い。ちなみに今日それを感じたのは、卵焼きにネギとしらすが入っていて、しかも味付けが甘いところ。そんなこと絶対に思いつかない。だからこそおいしかった。

子供は二十日過ぎには安定するんじゃない？　と言われ、気をよくする私。

8月16日

書き下ろしのラストスパート。これは、長年待たせてしまった根本さんへの小説。書いている間に根本さんが角川をやめたり春樹《はるき》事務所をやめたり、すごい失恋の話だというのに、私が同棲《どうせい》していたボーイフレンドとその時期にちょうど別れてしまって、しゃれにならないくらい落ち込み、設定を見るのもつらく、中断していたものだった。いつできるかと思っていたが、案外すばやく進んだ。

一日ずつ、つわりの期間も地道に書いていった、冬の話。地味で、優しくて、童話みたいな内容だ。強いて言えば「うたかた」とか「サンクチュアリ」とかに近いか？　とにかくまたもやよく知らない人のことを書いているので、なんだかよくわからない小説になった。よくもまあこれだけ自分と関係ない人生の話を書けるものだ、と自分でも思うほど、関係ない。みなさん、誰なんです？　というような話だ。でもうむを言わさずほっとする内容だと思う。

妊婦、産休前のラストスパートです。

8月17日

「奇跡のいぬ」を読んで、賛成できない点がたくさんあったものの、クッキーは買いたくなり、スリードッグベーカリーへ。

何回か行ったことがあるが、あの店の特徴は、犬を連れてきた常連さん以外にむちゃくちゃ冷たいところだ。そういう社員教育をしているとしか、思えない。

そう言えばこの間、ギンザの某ザ・ギンザでも斬新《ざんしん》な言葉を聞いた。

「ジュエリーがあるのは本店でしたっけ？」と聞いたら「申し訳ございません、お客様のおっしゃっていることが全然わかりません」と言われた。これって、すごい丁寧語のようだけれど、「すみません、もう一度お願いします、聞き逃しました」よりも悪い気がする。気のせいだろうか？

感じが悪いなら悪いに、てっしてほしい、外国のように！

まあいずれにしても、妊婦は町では老人もしくはハンディキャップだ。歩く速度が違うし、みなおそろしい勢いでぶつかってきたり傘を振りまわしているので「ああ、年寄りの気持ちがよくわかる、車椅子の気持ちがよくわかる」と思う。でもゆっくりとしか町を歩かないってすばらしいことだ。よけいな用事が減るし、気持ちもせかせかしない。人生にすごく影響することだな、と思う。

ロルフィングを受け、そのあと、ヒロチンコと「ハシヤ」でスパゲッティを食べる。パスタではなく、日本の「スパゲッティ」。昔そこの近所に住んでいた秘書ヒロココと、よく大盛りを食べまくったものだった。変わらぬおいしさに感動し、腹一杯で帰る。

8月18日

姉がささみカツとキエフとクラムチャウダーとタンドリーラムを山盛り作る。すごい量だった。まず、それだけのものをいっぺんに作ろうと思いつくだけでもすごい。めいっぱい食べて、下痢する。

なにしてるんだか……。

そして二十四時間テレビを横目で見る。確かに百キロ完走したのはすごい、そして本当によくがんばったと思う。否定する気は全然ないし、西村知美《ともみ》も大好き。

でも、あれって、いいことだろうか？　とついななめに考える私。もともとの走り好き（寛平ちゃんのように）ならともかく、精神論的な理由、調整も二ヶ月で、百キロって、体に負担がかかりすぎてはいないだろうか……。体はひとつしかなく、管理は自分にしかできない。なんか、私にとっての、日本人の嫌いなところが全部つまっているストーリーだった。根性とか、気合いとか、そういう無理ばっかりを美徳とするところ。したくてする無理って、個人的なものだから本人の問題で、まわりはどうこう言うものではないという気がする。ところどころ背筋がぞうっと寒くなり、気持ちがいいほどだった。運動は、個体差があるし、その人の限界よりもちょっと上、くらいを常に目指してやるものであってほしい。でも、すごいなあとは思った。あんなにがんばれるなんて、さすがの根性だ。

そして……あの夫婦、みなが思っているほどラブラブではないと見た、なんとなくだけれど。

8月19日

根本さんから心うたれるファクスがくる。

「急がなくていいから、今は妊娠にうちこめ」と。

でも、小説は書き上げた。妙な小説だけれど、心温まる内容だと思う。

私「今度の小説は、けっこうヒロチンコの好みだと思うよ」

ヒロチンコ「どういう点で？」

私「寒々しくて、雪山が出てきて、冬っぽいし、心温まるから」

ヒロチンコ「そこだけ？」

という感じの内容。

最後は、グルーヴラインを聴きながら、げらげら笑って仕上げをした。ちょうどそのタイミングだったので仕方ない。これ以上なおすとくどくなる、というところで微妙に止めるのがいつもむつかしい。引き際《ぎわ》が一番肝心なのだと思う。

これでうまくいけば年内もしくは年明けにかけて、三冊の新作が出る。自分の書きたい分量がだいたい定まってきたのもよかった。

ビーちゃん、白血病のワクチンの日。注射をすると必ず熱が出るので、心配して見守っていたら、突然アクティブになり、いつもはゆずってあげているのにタマちゃんのごはんを奪い取ってまで、必死で食べている。しかも食べ終わってもまだめし〜！

とねだりに来た。

そして、食べ終わってから、熱を出して寝込んだ。

すごいなあ、野性の力。体力が落ちるとわかっているので、その前に食いだめをしているのか、と納得する。

8月20日

久しぶりのフラ。全然わからなくて笑い出したくなるほどだった。

でも、自分なりのペースで行こうと思う。半分見学という中途半端《ちゅうとはんぱ》な感じにも飽きたけれど、安定まであとひと息、少しずつ復帰していこうと思う。先生は変わらず誇り高くきれいで、心洗われた。

そして、じっと見つめているうちにインストラクターのミリラニ先生は、ディズニーのリトルマーメイドにそっくりだということがわかり、自分なりに満足する。

そして夜、ついにきました、胎動。ちびっこ、動いてます、動いてます。波紋のように。

8月21日

検診へ。

ついに穴に棒を入れて見るのではなく、腹の上からでも超音波で子供を見ることができる時期に！　長い道のりだった……。聴診器を腹にあてると自分とは別の人の心音も聞ける。体が忙しい感じ。

そして映像を見たら、うらやましいくらい足の長い赤ん坊にしあがっている。現代っ子だ！

青山ブックセンターで「王国」を発見し、頼まれてもいないのにむりやりサインをさせてもらって、いい気になって「仕事もしたしいいわ」などと言い訳して指輪など買う。

そして……「弱虫クルッパー」という名で私の世代では親しまれていた「スクービー・ドゥー」を観《み》る。楽しかったし、みなよくアニメに似ていたが、でも、私は、どうしてお金を払ってこれを観ているのだろう？　という気持ちが抜けないくらい、ばかばかしくかわいくシンプルな映画だった。でもあの人達が実写で動いているだけでも嬉《うれ》しかった。なんで同じシリーズだった「ドラドラ子猫とチャカチャカ娘」は映画化されないのかしら。あれこそが私の原点なのに。

まだ時間があったので「ピンポン」をやっと観る。

本当に、チャイナはヒロチンコに似ていた。卓球をしている姿なんて、そっくりだ。

あまりにもそっくりな人といっしょに映画館にいることが恥ずかしいほどだった。そして、窪塚《くぼづか》さんは、ものすごくよくがんばっていた。あのむつかしいキャラをよくぞあそこまで演じた。全体的にあまりにも原作に忠実で、忠実すぎるほどで、途中から映画だというのを忘れたほどだ。ああ、そしてなによりも、あの、ばばあ（夏木マリ）がやっている卓球場は、私がいつも行っている卓球場だ！　見慣れた窓、台、床。あそこで撮影したとは全然知らなかった。しかもスマイルとペコが卓球人生をスタートさせた大切な場所として登場だった。ああ驚いた。

8月22日

「週刊ブックレビュー」の収録。

なんだかすごくまじめに作られている番組だったので、嬉しかった。児玉《こだま》清さんはかっこよかった、やはり！　そして児玉さんも柴田《しばた》アナウンサーもすごくしっかり本を読んでいらして、プロ意識を感じた。

それにしても、TVに出てたくさんしゃべったり笑ったりできる人々はえらいなあと思う。あの雰囲気の中で！

ヘアメイクのお姉さんのはいていたスカートが、理想のスカートだったのだが、なかなか売っていない。くれとも言えないので、じっと見た。すそがフレアになったロングスカートで、デニムのパッチワークになっている。ありそうで、ない服。特に今の私には、すそがせまくないけどロング、っていうのが大切なのだが、なかなかない。

そしてどうでもいいことだが、私が着ていったワンピース、足のところが足首でぐっと閉じられていて、スカートのようでスカートではない。なので、トイレに行くたび全部一回脱ぐはめに。長〜いリボンを腰のところで結んでいるので、それを床につけないように必死で持っていたので、トイレはすごい図になっていた。おしゃれは、大変だ。というか、ギャルソン道は大変だ。

でも川久保《かわくぼ》先生に一生ついていきます。

帰りに松家さんを近所の静かな喫茶店に誘ったら、なっつが「ここは大きな声でしゃべっちゃいけない店だったんですよね」と言ったすぐ後に「ああっ！」と大声を出していた。なにごとかと思ったら、たまたまヒロチンコがいた。彼の仕事場から全然近くなく、めったに行かない店だというのに。ああびっくりした。

「うそでしょ？　待ち合わせしてたんですよね？」と松家さんはなかなか信じてくれなかったけど、偶然でした。

8月23日

そば屋で健ちゃんと訳と流通について打ち合わせ。
コラボレーションはすすんでいます、ゆっくりと。奈良君の写真もすっかり整い、澤くんの訳も格調高くほとんど完成。中島さんも育児の合間に（？）真剣にデザインを考えてくれている。
今度は、イギリスの人が読みやすい英語になっていて、嬉しい。これでいいとこのだんな（イギリス人）に「君の本の英語はアメリカ英語だ！」（いや、別にそれはそれでいいと思うんだけど）と言われなくてすむ本が一冊はできる。

8月24日

「爆笑オンエアバトル」のお客さんの感覚、絶対におかしいと思う。

いついかなるときでも飛石連休を高く評価する私としては、とてもくやしかった。それだけを楽しみに週末を迎えたといっても過言ではなかったのだが……。注文していた山田ミネコさんの最終戦争シリーズが全部届いてしまい、心はもうあの世界へ。

彼女は、子供の時、もっとも影響を受けた漫画家かもしれない。あそこに描かれた望郷の念と、失うがゆえに固執して人生を変えてしまうほどの恋愛の感情は、ものすごい。前世というものの存在を感じさせる。それに山田先生はいつでも私の姉と同じビジョンを見ている。たぶん、あの世界は近未来ではなく、アトランティスとか、そういう過去の記憶なのだろうと思う。

今も新作を描いていらっしゃるのが嬉しい。あの絵は他の誰にも描けない。そしていつのまにかお子さんも産んでいらっしゃる。育児についてのエッセイもあり、たいへんためになった。

それにしてもメディアファクトリーの漫画文庫の人たち（たぶん、お会いしたことがある方たちだと思うんだけど）は、すばらしいと思う。なんでもかんでも文庫にするのではなくて、本当の傑作をちゃんと見極めて、後世にのこすために復刊している。嬉しくてしかたない。感謝の念がとまらないほどだ。

おかげさまで……子供の頃、読んでこわすぎてガムテープでぐるぐる巻きにして捨てたという思い出がある、山岸涼子先生の「ゆうれい談」まで手に入れてしまった。やっぱり、今読んでもこわかった。あの、こわい絵と冷静なタッチがいっそうこわい。はじめは「ううん、昔ほどこわく感じないわ、私も大人になったげな」などと思って、真昼に鼻歌を歌いながら読んでいたが、いつしか背中も寒くなり、しまいには体中がなんとなくかたくなったので胎児も動かなくなってしまったほどだ。胎教に悪い〜。

どうしてあんなにこわいんだろうな！

8月26日

リフレクソロジーへ。

体のバランスが変わってきたら、腰が痛くなってきたのだが、即座に指摘された。いつも終わって帰ると意識不明になるほどよく眠れる。妊婦は疲れているのだろう。体の中に心臓がふたつあるわけだし。

上野圭一《けいいち》先生の本を読み、代替医療についていろいろ思う。人間の体について。

私は、若いときには精神的にも肉体的にもめちゃくちゃだった。今はかなり気をつけているが「無法バンザイ」みたいな感じって、永遠に人類に存在している感覚だと思う。たくさん飲み、たくさん食べて、ゴー！　みたいな感じだ。

でも、結論ははっきりと言える。それは、祭りの時だけでいい。

普段は、地味に暮らしているからこそ、そういう時がハレの時になるのだ。

あとは、一定のテンションでいいものを少なく飲み食いして、体の声を聞きつつじっくりと暮らすか、どちらかだと思う。

私は、小説を書くコンディションを整えるために、ひとつずつ、いろいろなものをはずしていった。肌には化繊を触れさせないし、ヒールのある靴もはかない。化学調味料は使わないし、口に入れるものは地元でとれた、出所のわかるものを主に（こだわりすぎて動けないほどではなく、鷹揚《おうよう》に）食べている。三十五過ぎたら牛肉はあまり食べない。食べすぎたら次の日はおかゆか果物だけにする。片方の肩に重いものをかけて歩かないし、界面活性剤を使っているもので体を洗わない。

それでもストレスがありすぎて不健康なのは否《いな》めないけれど、驚いたのは、たまにやむなくストッキングをはいたり、ヒールのある靴をはいたり、ナイロンの服を着たり、成分がものすごい化粧品を使ったり、いいかげんな食材を食べたりしたときの、驚くようなエネルギーの消耗だ。

こんなことに慣れていたとは、本当におそろしい、と思うのだ。

人はしたいことを多少無理しても優先したほうがいいので、別にそれらをとがめる気はない、したい人はしたらいいと思う。

ただ、本当にすご～い負担がかかるのだ。

人間はちゃんと食べて、出して、しめつけないでいれば、たいていの疲れからは眠ることで解放される。特に排泄《はいせつ》の重要性は、いくら言っても言いたりないくらいだ。

こういうことを言っている人びとのあまりのかたくなさ、あかぬけなさに、みんなしりごみしているのだと思うが、全《すべ》てを実践してもあかぬけている人や、伴侶《はんりょ》をばっちり見つけている人をいっぱい知っている。人のためにする無理なら、絶対にやめたほうがいいと思う。

8月27日

フラへ。もはやついていくのが不可能なほど、進んでいる……。

慶子さんに泣きついて、教えてもらう。慶子さん、仕事と同じくらいに正確な記憶力！　ふたりで深夜まで電話の前で踊りながらメモを取った。

ところで、教室では、少人数に別れてみんなの見ている前で踊るのだが、なんと言っても見ている人の顔がこわい。先生がたは別として、生徒さんたちが。あんなこわい目にさらされたら、とても踊れないっていうくらいに、真顔。自分もすぐ踊るんだから、ついそうなってしまうんだけれど、客の顔、こわすぎ。

自分だけはにこにこ見よう、とにこにこ見ていた。そういう人もいないと！

インストラクターのきれいな人達が、どんどんきれいになってどんどんうまくなっていくのを見て、幸せになった。はじめに見学に行ったときに、まだ初心者クラスにいたけれど、もともとプロのダンサーだった人達だ。

あまりにも、美しすぎる。それぞれの美が開花している感じだ。

そしてエサシ先輩、すてきすぎる……。

先生「エサシくんはお母さんにないしょでフラを習っているのよね～！」その事実でみんなの心をわしづかみにしていた。

8月28日

ジョルジョと、リーザさん来日。

いっしょにくろがねで「日本のお母さん料理」を食べる。炊《た》き込みご飯がいつも最高で、じんときてしまう。

リーザさんは、ナタリア・ギンズブルグさんのお孫さんだ。お顔がよく似ている。そしてものすごくいい顔をしている。

ジョルジョに「おなかが出ているけど似合うね」と妙なほめられ方でほめられた。

昔、トスカーナに行って、薪《まき》コンロで作られた彼女の料理を食べたことを懐《なつ》かしく思い出す。すごくおいしかった。リコッタチーズがあまり得意でない私でも、彼女のパスタはぺろりと食べた。その後の鶏《とり》のオレンジソースなんて、おかわりしたほどだった。濃い味付けのはずなのに、全然くどくなかった。今やプロのシェフになってしまったのだから、あのおいしさ、無理もない。

ジョルジョとはこれから沖縄にいっしょに行く予定。「いっぱい幽霊を見なくちゃ」と不吉な冗談を言い合う。イタリアの恐ろしい幽霊話もたくさん聞く。やはり築百年とかの家ばっかりだから、当然と言えば当然か……。

私は前に沖縄から、きじむなーをつけて帰ってきたことがあるらしい。そういうのが見える人全員に「なにか赤くて小さいものがついてるよ。目が丸いの」などと言われて、自分ではわからないだけにううむと思ったものだった。

前から読もうと思っていたが、なかなか気が重くて買えなかった「がん患者学」をやっと読む。著者を含め、末期がんから生還した人達のインタビューを集めた本。上野先生の本に出ていたので、決心して買った。

あまりにもいろいろ考えさせられすぎて、気持ちが沈む。

でも、共存の絶対条件はいくつか感じられた。これまでと生活を変えること、肉体の環境を整えること、そしてペースを落とすことだ。あと、なにがストレスになるのかは、人それぞれなので本人にしかわからない。それを見極め、人付き合いや情報量を減らすことだ。

私は、妊娠してからよく考えることがある。それはストレスの量といい、仕事のやり方といい、酒の飲み方といい「あのまま行っていたら、多分そう遠くなく死んでいただろう」ということだ。子供というのは、やはりタイミングをみはからってやってくるものらしい。こうなって人生のペースを落としたことで、何かが大きく変わった。

その根元的な変化については、いずれ別の機会に書こうと思う。

がんと長く共存している人達が達しているあるペース。あまりにも今の自分と共通項が多すぎて、奇妙に納得した。

現代人は、人のつごうに合わせすぎている。もう絶対に元のペースには戻るまい、とかたく決心する。

8月29日

読売新聞へ。

鵜飼さんのインタビュー。いつでもただただ応援してくださっている心でインタビューを申し込んでくれるのがわかって、嬉《うれ》しい。受ける受けない、話題があるないではなくて、応援の心。たとえ私が駄作を書いても、見守ってくれるだろう。

そういうふうにしか顔を合わせないが、年に一回くらいの交流も長くなるとなんとなく絆《きずな》が生まれるものだ。ああいう人を本当に男らしい、かっこいい人っていうんだよなあ、といつも私は彼に接すると思うのだった。ほめているのはジャビットくんのぬいぐるみがほしいからではありません！

阪神ファンのなっつはあえて阪神色を全面に打ち出して読売新聞社に乗り込んでいた。わざわざ車の見えるところに阪神ゴーフルの箱を置いたりして。

そして久しぶりに会った読売の仕事がばりばりのお姉さんがた、尾崎さんと小屋敷さんが両方とも二児の子持ちだと知ってびっくりする。ひとりくらいはいるのかしら？　いや、あんなに仕事ができるんだから、そんなひまはなかったかしら？　など と想像していただけに。世の中は奥深いなあ。

8月30日

なぜか望まれてパッチ・アダムスさんに会う。私の本を全部読んでいたのでびっくりした。印象としては、世界で一番悲しい人物だった。なんだかわからないけれど、あんな悲しい目の人は見たことがない。でもすばらしい人だった。私の本が少しでも彼の心をうるおしたなら、よかったと思う。そのうち、何かいっしょにやることもあるだろう。

招聘《しょうへい》元のスタッフの人に、全然聞いていない仕事をいきなり頼まれた。しかもステージにあがるたぐいの仕事だ。協力してあげたいと思ったのでいいですよと言ったが、なんとあと二時間出番を待たなくてはいけないとのこと。

つわりもきつかったので「やっぱり聞いてない仕事だし体調が悪い、またの機会に」と断ったら、まるで非人間を見るような目つきでにらまれた。秘書の慶子さん「なんだかかなりテンパっていらっしゃるご様子で、話が通じませんでした」

というのが最高におかしいコメントだった。

私は、自分がお金に汚いというのもあるが、ボランティアの人や団体に対してかなりの偏見があるのはこういうところが嫌いだからだ。もちろんちゃんとしている人もたくさんいるが、こういう「自分もただで、いいことしてるんだから、協力して当然だ」という人がとてもとても多いのだ。

間に入ってちゃんとお金をもらっている（推測だけれど）人は「ただでさえ急にお声をおかけしたのだし、パッチが会いたいと言っていたのがお呼びした目的なので、どうぞお帰りください」と判断を下していた。それが、仕事というものだと思う。

こういう時の私は、たとえて言うなら春菊さんの百倍くらいうるさい。

そして、せっかく外国から意図を持って来日した人を、大勢が遠巻きにして写真やビデオで撮っているのも不快だった。ちゃんと挨拶《あいさつ》して名乗って話をすればいいし、できないのなら、体の不自由な人やお年寄りを優先して彼に会わせてあげればいい。

まあ、本人も病気の子供たちのために金を集めに来たからそれに徹する、というようなことを言っていたので、仕方ないとは思うが、なんだか同じ日本人として情けなかった。

帰りにかわいいスタッフのお姉さんに自作のTシャツをもらったので、ちょっと寄付したことがせめてもの救いだった。必ず、いい人も混じっている。

9月1日

妊婦って飛行機なんて乗っていいのかなあ？ と思いながら、沖縄へ。

やっぱり熱い。熱いだけで、嬉しくなる。南国の植物を見るとわくわくする。

みんなでおいしいタコスを食べて、お茶をして、ホテルへ向かう。

ジョルジョは初めての沖縄。陽子ちゃんも。

ホテルには温泉があるので、とりあえず温泉に行ったりして、おとなしく過ごす。

9月2日

おめあてのブラジル食堂が開いていなかったので、計画を練り直す。ブラジル食堂を中心に考えていたっていうのも問題があると思うが、とにかく今帰仁城《なきじんぐすく》へ行く。昔の王様の気持ちがわかるほど、すばらしい景色だった。前に行ったときにはいなかった子猫たちが、受付のおばちゃんたちにお客さんたちの寄付する募金でおっとりと飼われていてなんだかいいなあと思った。世界遺産の入り口で野良《のら》猫がアバウトに愛されて幸せに暮らしているなんて、誇らしい感じ。そういうのが、日本のいちばんすてきなところだと思う。

それからやはり見知らぬ人に道案内をしてもらって、しぶいしぶい宮里そばに行き、沖縄そばを満喫する。

沖縄の人達は、おおむね余裕があって、普通に親切だ。昔は東京もこうだったなあと寂しく思う。

ちょっとだけ海で泳ぐ。まるでぬるいプールのようだった。

プールは子供さんたちで芋洗い状態。

夜はみんなで楽しく「ＥＲ」を観《み》ようとしたが、あまりにもものすごい内容で全員無言。よりによって、こんなすごい回にあたるとは。

9月3日

斎場御獄《せーふぁーうたき》へ。あいかわらず清らかな場所だった。心洗われるような場所。空気がぴんとはりつめていた。

「子供がちゃんと産まれますように、大城さんの霊が安らかでありますように、そして、風邪ひきでやせてすっかりへこんだ陽子ちゃんの乳が戻ってきますように」とお願いした。きっと今頃、ボインボインになっているはず。

それにしてもみんなが一番じっくりと足をとめたのは、おたまじゃくしがたくさんいる池。みんなで「おたまじゃくし、懐《なつ》かしい～」と言い合う。イタリア人にとっても、そうらしい。

それから市場へ行く。

下の魚屋でブダイや伊勢《いせ》エビを買いまくり、上の食堂でいろいろな調理法で料理をしてもらい、食べまくる。大満足。ブダイを焼いたのが、意外にもすごくおいしかった。焼き魚が食べたいな～という適当な気持ちでだめもとで頼んだのだが、こしょうがきいた変わった焼き方で、すばらしかった。

買い物をしたり、ぶらぶらして夜まで市場にいた。

そこでしか飲めないミキのおいしい生ジュースも満喫した。あんなにおいしいジュースは、この世にないと思う。

9月4日

おじいこと垂見《たるみ》さんと再会。ブラジル食堂にて。

台風のはじまったばかりの瞬間だった。

おじいも私もいろいろなことがあって、前に会ったときと人生がまるで変わってしまった。それでも笑顔で会えるし、会えば嬉《うれ》しい。それが一番すばらしいことだと思う。

「おじいの方がまだ腹が出ている」と腹を出して自慢された。確かに、にわかに出てきた私の腹よりも、彼の方がぽんと出ていた。

ブラジル食堂のご家族はすてきだ。食べ物もおばあちゃんの味だ。

私は今回「ブラジル風パスタ」というのを食べた。沖縄そばに牛肉のソースがからんでいるもので、おいしかった。手作りのアセロラジュースもおいしいし、エスプレッソもおいしいし、すばらしいひとときだった。

そして、みんなおじいのすてきさに魅了されていた。

次に会うときは、どんなふうにお互いの人生が変わっているのだろう。彼を見ると、いつでも「生きる」ということについて切実に考えさせられる。

おじい「この台風はけっこうすごいと思うよ」

そのとおりだった。記録的な台風が私達を待ち受けていたのだった。

帰り道ですでに交通事故というか、道でおぼれている車を見かける。信号のポールがぐいぐい揺れているし、木が風で抜けそう。

シーサー屋に寄ったら、店の人もこんな時に客が来たのでびっくりしていた。

実は、八月の間何回も「慶子さん、運転、車」という文字がけっこう悪い感じで、でも命に関わる感じではなくて夢に出てきていた。それで「あまりにも運転がうますぎるからふと過信して、事故でもあるのかしら」と思って、すごく心配したり、とんちんかんに注意してみたりしていたが、今、やっとその意味がわかった。

「このものすごい天候の中を運転するさだめが彼女にはあらわれていた」ということだったのだ。わかったら、なぜか安心した。この、中途半端《ちゅうとはんぱ》な超能力（？）どうせなら、もう少し磨きたいものだ。

9月5日

ジョルジョの部屋は突然びしゃびしゃに雨漏り。私達の部屋は停電。恐ろしい風の音が響き渡り、窓はがたがた揺れ、ちょっとでも開けたら決して閉まらない。

それが私達を昨夜から今朝にかけて襲った現象。すごかった！

あんな台風はじめて体験した。聞いてみれば、沖縄の人も「今回はすごい」と言っていた。笑うしかない。

することがないし、買い出しにもいけないので、温泉に行く。

だらりだらりと入って、そうとうゆだって、出てからずうっとソファーにすわって、扇風機の風にあたりながらだらだらと涼む。これが私達のここでの一番の過ごし方となった。あれほどゆっくりできることはこれからの人生でもなかなかないだろう。

ジョルジョはそういうわけで急に部屋をかわって、なぜかスイートルームになった。フロアからして高級な感じ。グラスや茶碗《ちゃわん》のグレードもアップ！

みんなで「急に金持ちになった友達の立派な家に遊びに行くが、いろいろなことがもうつりあわず、寂しく帰っていく昔の友達ごっこ」をして遊ぶ。いかにひまだったかがわかる遊びだ。

それからジョルジョはスイートにしかない設備、抱き枕《まくら》にむかって「待っていろよ、今夜は寝かせないからな」という遊びもしていた。

空《むな》しい……。

お昼は下の売店で買ってきた亀《かめ》せんべいとか、ブラジル食堂のアンダギーとか、カップ麺《めん》の沖縄そばの食べ比べだとか、意外においしいショコラちんすこうだとかを食べて、ジャンクフードに染まる学生のように過ごした。その、すてきなスイートルームで。

「お金持ちなら、高級レストランからケータリングでオードブルをとってよ、あともちろんシャンパンもね」と言いながら。

そして「スーパーテレビ、沖縄そばの開発と営業」ごっこをした。

「長い目で見れば、この商品のほうが愛されるかもしれません」「しかし生麵の魅力は捨てがたい」「肉はこちらが上回っている」「あとは営業のがんばりだ」「社長が塩辛いとおっしゃっているので全《すべ》てやりなおしだ」

む、空しい……。

そして日頃化学調味料をさけている私達夫婦は、すっかり具合が悪くなり胸焼けがした。

夜は近所のホテルにカラオケに。

でも、停電で信号が消えていて、電柱が倒れている……。近所だというのに、すごい冒険に行った気持ち。

そのホテルでは木が倒れている道を通ってカラオケボックスに行けと言われた。台風が大変すぎて、客どころではないって感じだった。サバイバルだった。

それでもジョルジョに平井堅の歌を捧《ささ》げたり、フラダンス「真夏の果実」を捧げたりして、楽しく過ごす。

そして自分たちのとてもいいホテル、ルネッサンスリゾートに帰って、夜食を食べ、明日は晴れるようにと思いつつ眠る。

9月6日

ちょっと晴れたので、浜辺に出た。

台風の力はすごい、木はたくさんなぎたおされ、プールが土砂で埋まっていた。まだ風は強いが、なんとなく空も明るく、光が見えてきた感じだった。最後の温泉にまたもやまったりと入り、部屋でまたもやジャンクフードをむさぼり、那覇へ向かう。

ここで最後の大雨がやってくるのだった。

前が見えないほどで、人々もみんな雨宿り。

デパートで時間をつぶし、最後の晩餐《ばんさん》は「琉球《りゆうきゆう》料理乃山本彩香」へ。ここは、本当においしいと思う。何もかもていねいで、建物もすばらしく、味は繊細。ジョルジョがとても喜んでいた。よかった……。沖縄で食べたものはそばとジャンクフードだけっていうのは、気の毒だなあと思っていたので。

ただあのすばらしい店、あまりにもきちんとすばらしすぎて、どきどきするのが難点。

まあ、あれだけすばらしければ、仕方ないだろう。

「料理の写真は撮らないでください」と注意された慶子さん、もうデジカメはしまっているのに係の人が疑ってフェイントで何回も見に来る。ただふすまを開けてまた閉めたりしてまで、見に来る。その攻防に笑った。だるまさんが転んだ状態だった。

寂しがりつつ、飛行機が飛ぶことを祈って、就寝。

意外にも島らっきょうが妊婦の胃を直撃し、七転八倒する。意外なものを体が受け付けないのでとても驚く。この教訓を生かしたいが、東京に島らっきょうはめったにないのだった。

9月7日

たまに、やっぱり沖縄には何か特別なものがあるな、と実感することがある。

どうして、奇跡みたいな具合に飛行機がちゃんと出てしまうのか？

そして、どうしてラジオで「サザンの曲なんでもいいです」というリクエストで、最後のドライブをしている私達が唯一《ゆいいつ》フラダンスで踊れる曲「真夏の果実」がかかってしまうのか？

そして……どうして空港でたまたまナタデヒロココにばったり会ってしまうのか？

ああ、びっくりした！　けど嬉《うれ》しかった。彼女はこれから石垣に行く予定。本当は6日の夜一泊来るはずだったけど、仕事でキャンセルになってがっかりしていた。でも、もしもその予定だったらもちろん飛行機は飛ばなかっただろう。

お互いに台風その他でいろいろずれがありそうなので、ちょっとでも会えるかどうかわからなかった。だから待ち合わせもせずにあきらめたのに、最後の出発ゲートのところでばったりと会った。みんな大喜びでいっしょに写真を撮った。すてきです。人生捨てたものでもないかも。

そして、飛行機で圧がかかると、子供の動きが妙にしんとなるのでびびりながら、羽田に到着。地面に降りたら動き出した。

ジョルジョと涙の別れ。

ずっと毎年続いてきた大人同士のバカンスとは当分お別れ。今度会うときは、新しい仲間（赤ん坊）が加わっている。ちょっと感傷的になる。でも、変わっていくのが人生だし、減るものは何もない。

迎えに来てくれたなっつに乗せてもらって帰る。

家では久しぶりの動物の多さにびびる。名前が混乱するほど。ヒロチンコなんてついに「なっつ……じゃなくてゼリちゃん！」と動物と人間まで呼び間違えていた。

亀たちも、にわかに動き出した。飼い主を認識しているんだなあ、と嬉しく思う。

とにかくみんな無事でよかったと思う。

そして疲れた胃を浄化すべく、草入りのかゆと、のりのみそ汁を作って食べる。

さらに、つい「北の国から」を観《み》てしまう。全員が突っ込んだだろう。「月々に三万円が返せないなら、東京でパチンコ屋に住み込んで働け〜！　そして失踪《しっそう》していてもその三万円を返してるからって、評価されるな〜!!!」と。

草太にいちゃんの出てくる夢もすごかったし、どんなすごい現実的な問題も、「しみじみと心情を語るモード」にさえすれば全部ちゃらになってしまうっていうのもすごい。あのワールドは、ある意味で、永遠だろう。

9月8日

おみやげなど持ち実家へ。

姉が揚げる気まんまんで待っていたのに「サーターアンダギーの素」を忘れる。ショック！

でも姉はさすがで、黒糖とホットケーキの素とサラダ油でなんとかつくってしまった。見た目はそっくり。それがまた、えらくおいしかった。魂のような形のものもつくって「鬼太郎でこういうネタがあったなあ」と思い出す。あのエピソードはものすごく印象に残る気味悪いものだったらしく、家族全員が覚えていた。「ああ、たましいをさくっと切るんだよね！」などと言い合う家族を、ヒロチンコはどうとらえているのだろう。

全員で「超音波胎児映像」を観る。きっとどの家もそうしてるんだろうなあ……。みな一致で「昔の子よりも絶対今の子は足が長い」と言う。でも、もしかしてその時だけのことで、今はもう頭がでかくなっているかも。

9月9日
しーちゃんとランチ。

旅疲れで体ががたがたなので、少し歩いて調整する。

お互いにいい年齢《とし》なので、産院についてとか話しあう。そして「Cafe Cafe」で異常においしいデザートをとって、カロリー的には歩いた意味なし！

東京は、空気が悪いなあ、と思う。

ランチを食べたピザ屋で一万円を出したら「おつりがありません」とゆずらないので、こっちもゆずらなかった。なんで店の不手際《ふてぎわ》でつりがないのに、客がくずしてこなくてはいけないのだろう……。最終的には「くずしてきますけど、少々お待ちいただだくことになります」となった。変なの。あたりまえじゃん。

こういう時って「東京はどうしてしまったんじゃろう?」といつも思う。

でも、帰りに雨の中タクシーを待っていたら、遠くからチャヤカティカの店長さんが走ってきて、傘を貸してくれた。そういう時に貸してくれているものって、傘だけではないなあ、と思う。なにか、小さな幸せみたいなものだ。あの店長さんはがんこものだし、言うこともはっきりぽんぽん言うし、誤解されやすいタイプだと思うけれど、店のあたたかさが全《すべ》てをものがたっている。

——店は、客と共に歳《とし》を重ねていく。三茶のオアシスよ、がんばれ! そして永遠なれ!

9月10日

フラ。

私と陽子さんは慶子先輩の「推測ふりつけ」で今の踊りのラストを沖縄でさんざん練習していたが、それがかなり違っていたことを知り、笑いが止まらない。慶子さんは真っ赤になって「すみません、嘘《うそ》を教えてすみません~!」と言っている。

私「いいっす、この踊りは入野先輩のふりつけで一生いきます！」

今日から見学をやめてレッスンに復帰。「ばななちゃん、あんまり踊らないで！」と先生におびえられる。自分でもちょっと不安だったが、なんとかなった。やっぱり見学というのは、つまらない。輪の中に入れないから。

にしてもいきなりイプ（ひょうたんの太鼓）をつかった激しすぎる踊りに変わったので驚いた。この間までのゆったりムードはどこへ？

全然ついていけないけど、楽しいからいい。楽しんでへたくそで、にこにこしている人がいてもいいだろう、きっと……。

帰りになっつの落とした携帯を親切にもえんえん探してあげる。結局、家の駐車場についてから車の外でかけてみたら、車のどこかでり〜んと鳴っていた。

くやしいので登録されている全ての女友達に「おまえはブスだ」とか「百万円貸してください、でないと縁を切ります」とメールでも入れてやろうかと思ったけど、優しいので、やめました。

9月11日

澤くんと健ちゃんと打ち合わせ。奈良くんの写真も最後のものが届いた。だんだん本に近づいていく課程が嬉しい。

そばを食べたり、訳を見たり、写真を見たり、そば湯を飲んだり、おみやげを渡したり、大忙しのひとときを駆け抜け、澤くんはロンドンへ帰っていった。

その後は、健ちゃんとなっつで宣伝の打ち合わせをしつつ、またつい二日前にも食べたはずのバナナパフェを食べてしまう。なんであんなにおいしいのか？　私は甘いものが全然好きではないのに、あそこのデザートは食べることができる。

まだ旅と気圧の変化疲れで体が本調子じゃないので、少し休んでから、夜はヒロチンコと軽くパトリスのカフェで食べる。

ブルーチーズとチコリのサンドイッチ、絶妙の塩加減でとてもおいしい。

そして、飲み物がけちけちしていなくていい。喫茶店に求めるものが全部あの店にはある。

ああ、つわりでないってすばらしい!!　食べ物の味がわかる幸せよ。

ついに買ってしまった……「海辺のカフカ」。

明日から二日は春樹《はるき》ワールドだ！

9月12日

打ち合わせで新潮社に。

寿司幸《すしこう》で寿司を食べる。おいしすぎる……化学調味料にまみれた沖縄生活の毒が洗われるようだ。

化学調味料は脳を直撃する。根本さんも元気そうでよかった。ダイエットの期間は酒を全く飲まず、その時は「もう酒なんていらないな」と思ったけれど、すぐにまた酒が大好きになったと言っていた。自分の明日を見るような発言で「そうか、やっぱり今だけなんだ……」と納得した。

来年からはきっとがんがん飲んでしまうのかも。

帰りに松家さんがまたも、真昼の路上にのこされた謎《なぞ》の落とし物に巻き込まれていく。数日後に殺人があった波照間のニシ浜に携帯電話を落としたころから、彼のそういう傾向は健在。

まさに今読んでいる村上春樹の小説世界のようなできごとだった。

9月13日

「海辺のカフカ」を読み終わってしまった。もっとずっと読んでいたかった。とてもいい小説だった。

待ちこがれて、読む。そして、内容に裏切られることはない。その気持ちを与えてくれてありがとう、春樹先生、と言いたい。

私も、待っている人にいいものを届けたいなあと切に思う。

一ファンの妄想みたいなものだが、この時代に、彼と同じ仕事をしていることとか、内容の微妙な似方と、そして似ていないところ。その全《すべ》てに、何かしらのさだめを感じることがある。

きっと世の中ってこうやってみんなで作ってるんだな、という感じ。

夜は、なっつに買ってきてもらったさんまを食べる。かぼすをたくさんしぼって。生の時にかがせてみたら「なに、その生臭いもの。あたし大嫌い！」と前足で埋めていたたまちゃん（猫がしゃべっているあたり、まだ『海辺のカフカ』に入り込んでます！）、後にビーちゃんが「僕はもうおなかいっぱいだ」と食べ残した焼きさんまの頭を、すごくワイルドにばりぼり食べていたのでびっくりした。女は強いって感じがした。

今日は体がだるくて仕方なく、すぐうたた寝してしまった。そしてふと、飛行機のおまけのただ券でもらった「バイオリズム時計」のフィジカルのところを見たら、警告の「！」マークが出ていた。よく「なんでこんなにだるいんだろう、風邪でもないのに」なんて思って見ると、そのマークが出ていることが多い。バイオリズム、あなどりがたし！

9月15日

孔雀《くじゃく》茶屋同窓会の日、店長の家へ。

体調があまりすぐれないので、なっつに車を出してもらう。江戸川は遠い……。着いたらいきなり、ちかちゃんの巨大な赤ん坊に出会って度肝をぬかれた。「千《ち》と千尋《ひろ》の神隠し」に出てきたくらい、大きな赤ん坊だった。こわくて抱っこできなかったほどだ。みんなあまりにも大きい、重い、すごいと、言い過ぎるほど言っていた。でも、ちかちゃんが幸せそうで、本当によかった。

店長の娘さん、志乃さんが年々美しくなっていく。余裕のあるいい女って感じ。

昔、店長が「うちの志乃は見た目はあれだし、言葉は荒いし、ろくな女じゃないけど、かあちゃんとしてはね、実にお得なかあちゃんだと思うんだよ」と言っていた。これって、父が娘に送る最大の賛辞だと思う。

店長の家族は、孫も含めてほんとうにすばらしい日本の家族がそのまま、保存されている感じ。お父さんはずっしり、奥さんはしっかり、娘たちはご両親が大好きで、ちゃんと尊敬して、受け継ぐべきものを受け継いで、孫たちは現代っ子とは思えないくらいしっかりとした価値観に囲まれて、すくすく育っている。世界遺産だ……。この家族も皇族として登録したいほどだ。

親子で「俺の葬式をどうするか」語り合っている時には、そのさりげなさに感動してしまった。

葬儀委員長は誰に頼むって決めてるんだ（ああ、わかった、何々さんね、覚えとくと娘）。それに、みんなにとにかく楽しく過ごしてほしいんだ、みんな葬式に金かけるなら、生きてるうちに病院に金かければいいんだ、金がかからず楽しくげらげら笑ってほしい、そういう葬式にしたいんだ、というようなことだったが。

志乃さんは、つい最近突然、死ぬのがこわい、という考えにとりつかれたが、そうか、順当にいけば自分が死ぬ前に、お父さんやお母さんも向こうに行っているし、おばあちゃんもいるし、そういう人達に会えると思うと、こわさが減るのかもしれないと思ったそうだ。深い……。

その時、ご両親が口をそろえて「そうだよ、少なくともおばあちゃんは絶対に迎えに来てくれるよ、おまえのこと」と言ったのも、感動的だった。そう、志乃さんは、おばあちゃんが大好きで、おばあちゃんが死ぬまでずっとつきっきりで、まわりが驚くほど熱心に最後を看取《みと》ったのだった。

前に「好きな人のために死ねるか」という話になったとき、私は身代わりに船から落ちるとか崖《がけ》から落ちるとかいうのを想定してしまい「好きな人のためというよりも、状況とかさだめで結果そういうふうになってしまうことってままあるんじゃないのだろうか」というようなことを言ったら、うまく通じず、志乃さんが「私は本当に好きなおばあちゃんが死ぬのを見ているしかできなかった。だから、好きな人のために死ねるなんて嘘だ」とすごく強く言っていて、ああ、この人、いいなあ……と思ったものだ。

自分とは全然違う世界だが、すばらしい世界におじゃましまして、いいものをふんだんに見せてもらった感じがいつでもする。

おいしいものをたくさんいただき、そのすてきな志乃さんにうっかりお茶をかけられてずっと乾かしたり、葬儀のバイトからやってきた陽子ちゃんがお焼香の炭をおこすときにやけどしてたり、みなみが具合悪くなってゲロ吐くと言い出したりして、時は過ぎていったのでした。

9月16日

リフレクソロジーに行くが、久々に終わってもぐったりとせず、元気になっていた。もしかして、本当に安定期かも！　と気をよくする。

気をよくするあまり、つい、圧力鍋《なべ》を買ってしまう。

それというのも、独身、一人暮らしの男であるなっつが「このあいだ、圧力鍋を衝動買いしてしまった」と言ってから毎日、角煮だのシチューだのおかゆだの、おいしそうなものを毎日楽しそうに作り、酒を飲みながら毎日楽しそうにそれを食べている様子を聞かされていたからだ。

なっつ「圧力をかけて最高に長くても三分ですよ！」

というのにも、そそられた。

そして使ってみたら、昔の危険度が高かった圧力鍋と違って、なんだか簡単。夢のようなカレーができあがった。肉はやわらかく、野菜はしっかり形が残り、味はよくしみて、しばらく寝かせたカレーのような風味が！　文明バンザイ！

早速姉にも電話して、圧力鍋同好会（？）に誘う。

9月17日

フラ。ただでさえ、運動神経が鈍いのに、さらにおぼえがわるい、要領も悪い、しかも妊婦なので動きを制限している……といういろいろな欠点をせおっているので、自分でも笑ってしまうくらい、できない。だって激しく太鼓を叩《たた》きながら、足は太鼓のリズムと違うステップ、なんて、ちょっとでも考え込んだら絶対できない。深く考えずに体に覚えてもらうにも時間がかかる私。大きく動けないから、アクションでごまかせない。

でも、あまりにもできないので、なんだかやけくそで楽しい。

こういう楽しみ方をしている人がいても、いいでしょう……。ふざけているのでなければ、きっと。

9月18日

宮崎のみき子さんに久しぶりに会う。

あまり食べられないので、一番小さいお膳《ぜん》。みき子さんは、いろんなちらしのセット。二種類のちらしがいっぺんに来たのには驚いた。

そのあと、ウェスティンの彼女の部屋でお茶をする。

いさぎよく東京を去っていったのでびっくりしたものだが、写真で見るになんだかとってもいいところに住んでいる。それに、お顔も幸せそうですっきりしていて、きれいだった。

「男の子ってかわいいよ〜」という話を聞き、もしも自分の子が男だったら、きっとおそろしい親ばかになり、いやな姑《しゅうとめ》になるに違いない、と恐ろしくなる。あのクールなみき子さんをそう言わせしめるとは、男の子パワーはすごい。でも、動物でさえも、男の犬、男の亀《かめ》、男の猫に対する思い入れは全然違う。女の子たちは、部屋でお互いまったりと過ごしましょう、けんかしながらね。というつきあいになるが、男の子たちは「絆《きずな》!」という感じだった、いつだって。

それからヒロチンコと待ち合わせをして、妙に時間が余っていたので「ザ・ロイヤル・テネンバウムズ」を観《み》る。映像がとてもよかった。あまりにも典型的な、カルト界によくあるアーヴィング風の話なのだが、役者が豪華で上手すぎるほど上手だったことと、丁寧な作りこみと、わけのわからない温かいまなざしが映画に込められていることで、質が何ランクも向上している感じだった。グゥイネスも久々に私の一番好きなタイプの役をやっていた。

心あたたまって、満足した。

9月19日

田口ランディさんと対談。

といっても来たのはフラ仲間のランちゃんだ、私にとっては。

最近とても元気そうで、はつらつとし、胸の谷間もグー。そして彼女の一番すてきなところは横顔。まるで少女漫画のような完璧《かんぺき》な横顔だ。あと、顔のまわりの色。微妙に金が入っていて、オーロラのようにゆらめいている。

よく顔のまわりの色が見えると言うと「オーラが見えるんですか?」と言われるけれど、どうもオーラではないらしい。顔のまわりの色としか、言えない。

あれこれ話すけれど、いつも話しているようなちょっとオカルトっぽい内容のことなので、まわりにたくさんの人がいてもあまり緊張しなかった。

今田くんにも久しぶりに会ったけど、全然変わってない。もう、全然。その変わらなさを、とってもいいなあ、と思う。自分の世界がちゃんとあるところが。

そのあとちょっとご飯を食べて、九月の頭はなんだか変だったという話をする。はやく涼しくなって、気が落ち着かないかなあ。今のところ、まだよどんだ感じがする。

ヒロチンコを迎えに行って、家で炊《た》き込みおじやを作る。最近、自分は食べないのに人に作るっていうのがおっくうではなくなった。すでに母？　この傾向、高山なおみさんにほめてもらえるかなあ。外食っていつでも化学調味料まみれなので、特に敏感になっている私はますます外食ができず、料理に燃える。地味な食べ物を地味に作って食べている。

9月20日

産前の虫歯チェックに歯科へ。

自分では「もしや、親しらずを抜くはめになるのでは？」というおそれと共に行ったために、一本しかない虫歯を一発の麻酔で軽くけずり終え、一回で治療が終わって、ぽかんとしてしまった。

先生は相変わらず男の中の男。医者のなかの医者。

「大丈夫、絶対痛くないし、よく見えないむつかしい場所だけどうまくやるから。君は顔の向きをずらさないことと口を大きく開けすぎないことだけを考えて！」

あまりにも、かっこよすぎる、その生き様。ぼうっとなりました。

「この人にまかせておけば大丈夫、悔いなし」と思えるほどの安定感と自信と技術があって、決して患者を不安にさせない、なんてすばらしいのだろう。あの人生はノーベル賞ものだ。

そう言えば二年前、この先生の仕事ぶりのあまりのかっこよさに感動し「そうだ、私は文で抽象的に人を癒《いや》す仕事だが、結婚するなら、絶対に体を癒すことで現実に立ち向かっている医者としよう」と思ったものだったが、あながち医者と遠くない仕事のヒロチンコといっしょになっている。

そういうものかも。

なっつ「あの魚屋、しゃけまるまる一匹四百八十円ですよ、ふたりで買って分けませんか？」

この発想、すでに独身男のものではない。やっぱり料理関係の職についてほしいなあ……。で、そういうふうにして、夜ご飯はヒロチンコの帰りを待って、大きな大きな鮭《さけ》の半身をソテーとムニエルの中間くらいの感じで焼いて食べる。二百四十円で満腹。その魚屋さん、いつでも行列で、活気があるし、新鮮な魚が安い。食べきれなくて皮とか身をずいぶんビーちゃんにあげたら、喜んで食べすぎてその後ずうっと寝込んでいた。かわいい……。

9月21日

なにも予定がない、こういう日って、もう本当に幸せ。幸せでいっぱい。ゆっくりと朝お茶を飲んだりして、出不精の私としてはとにかく嬉《うれ》しい。

でも仕事はしてます。

そして朝のうちに、野ばらちゃんの「下妻物語」を一気に読んで、けっこう感動する。

ベストセラーを狙《ねら》う！　と言いつつ、この作品を「海辺のカフカ」の刊行時期に（多分偶然）ぶつけてくるこの勇気、すてきすぎる……。しかもこの偏《かたよ》った内容……。

ヤンキーとロリータの交流！

それにしても、心明るくなる、いい小説だと思った。ここに書いてある考え方、もちろん野ばらちゃんの本音（彼の考えはいつもたったひとつの本音に貫かれている）なのだろうけれど、それが明るく描かれていて、とてもよかった。

生身の人間だから、かっこよくないことや、冴《さ》えないことや、しゃれにならないことや、傷つくことがとても多かっただろう、彼の人生。でも、彼がああであることに、こうして救われる人がいる。

そういえば最近よく「とても幸せそうで、楽しそうだ、落ち着いている」と言われる。まあ妊婦は普段よりも満ち足りているというのは確かだろう。なにせ、人間を作ることに専念していて、邪念の入るすきがない。ある意味必死な毎日だ。でも、考えを変な方向に広げることはできない。まず出産という大目的があるからだ。そういう時、人間はやっぱり強い。妊婦同士のつきあいも（まあ私には今まなみしかいないけど）、ほのぼのしたものではない。お互いがどんなに不安だったり、毎日びっくりしたりしているか口に出さずともわかるから「同志よ、がんばれよ！」っていう感じの、冴えた交流だ。侍のようだよ。

で、ここで「そうなんです、実に幸せで楽しいです」と言えるほど、クールではない私（本当はそういう人間に憧《あこが》れているんだけど）が、いかにもおたく出身というか、へそまがりというか、熱血だが、昨日も質問のコーナーで「日記を見ると毎日とても楽しそうに見えて、とても地獄とは思えない」という素直でいい感じの質問があった。

そうか、やっぱりものごとを額面どおり取ってくれる人っているんだな、だから最近よく、幸せそうとか安定していると言われるんだなあ、といい意味で（本当ですよ）感心した。

まず、文の技術で言えば、全く同じ内容、同じ一日、同じできごとを……たとえば「今日はディズニーランドへ行きました」というのを「とても楽しかったバージョン」「人生の喜びを抽象的に表すバージョン」「最悪、自殺寸前バージョン」「冴えないバージョン」「平凡なバージョン」どれで書けと依頼されても、嘘《うそ》を書くこともなく、実際にあったことだけのデータですらすら書ける。それは、作家なら誰でもそうだと思う。やれと言われれば、そのくらいの技術、プロならみんなあるだろう。

誰が、どの視点を誠意を持って選んでそれを好きこのんで描くか、それだけが違いとか個性とか呼ばれるものなのだと思う。

そういう意味では、真実など、この世にはないのだと思う。

ただ、どの書き方でも掘り下げれば、何かしら真摯《しんし》なものが生じる。それを、作家たちは目指しているのだろう。

まず、私はこの内面の苦労、山田花子の自殺直前日記みたいな日記を、ここに書くことをよしとしない。全然したくない。少なくとも、あれとか、あの、手首を本当に切って死んじゃった高校生の女の子の日記とか、真摯だとは思うけど、したくない。それは純粋に、好みの問題であって、善悪の問題ですらない。

ここでは毎日の、まあまあ楽しくていいところをメモ代わりに書いていこう、とか思っていない。で、公《おおやけ》のものだから読んだ人が「なんだよ、身内のことばっかり書いて、でも、メモがわりなようだし、それに、他人の日常って、読むとなんだか少しほっとする」なんて思ってくれればそれでいい。なにせ無料だし、そしてプロだし。これが本になったものを買ってくれる人はお金を出す覚悟があるんだから、それはそれでいいと思う。

そして個人的には確かに妊婦だし落ち着いているのだが、この落ち着きは、人生の底を見た感じの大きなあきらめから来る落ち着きであり、決して陽気なものではない。もちろん愛する家族がいて、充実した仕事があって、それで食べていける。そのすばらしさは身にしみている。でも、それと内面的なものは関係ないし、私はそれを垂れ流すのが大嫌いなのだった。私は数限りない人々に、仕事を通じて会ってきた。そして得た結論は「楽で楽しそうで幸せな人など、いない、みんなそれぞれ大変だ」というものだ。

「この世界には決して本当の喜びとか満足というものはない、ここは働いて、世話して、求めていくところなのだ」という、産まれてくる赤ん坊に告げるアステカ族の言葉があるが、全くその通りだと思う。昔の人は偉大だ、ごまかさないもん。

だからこそ、かわいいものとか救われるものにとても敏感でいられるのだと思う。「下妻物語」はそういう私の心をぱっと明るくしてくれるような、野ばらちゃんの人柄がみんな出ている、大好きな小説だった。

ああそして、今日の爆笑バトルには飛石連休が出る予定！　あの人達を、見るだけで幸せな私としては、夜が待ちきれない思いだ。今日はいいことがふたつもあって、いい一日だなあ(やっぱり、ただ、めでたくて幸せなんでは……)。

9月22日

「サイン」を観《み》る。かなり、好きな映画。大好きな「ナイト・オブ・ザ・リビングデッド」の影響が色濃いが、全く独自の世界、独自の解釈であり、暗いのにすごく救われる。あの監督の映画、みんな好き。もしかしてそうとう好きな監督かもしれない。ますます好きになってきた。

どうせまたオチがあるんだろうと予想していたが、想像のどのオチよりもすてきで私好みで、「こういう小説、自分も書きそうだ」とまで思った。

日曜の夜の渋谷《しぶや》ってなんだか悲しくて、うらさびしい気持ちになったけれど、映画がよかったので明るい気持ちになった。

9月23日

復活か？ と思いきや、またもやリフレクソロジーのあと意識不明になるような眠気に襲われる。たぶん、これは、疲れがたまっているのだろう。このところ忙しかったし、昨日は小説を一本（短編、SWITCH用）書き下ろしてしまったし、ワープロとメールのソフトを変えたことにともない長く机に向かいすぎた。

ついに、上の階の人が引っ越していってしまう。さびしい……。あたたかい家族の音が、もう聞こえなくなってしまう。あの家族がいることにどれだけ救われていただろうか。子供のたてる物音とか、休日の音とか、いろいろ。

これからは自分たちが、と思いたいが、うちはあんなあったかい感じとは少し違うからなあ。

9月24日

すご〜く変なところから子供の頭が出ている。へその左上。ぽっこんと丸く。

しかも冷えとか便秘とか腸が押されるとかいろいろ重なってすごくかたくて痛い痛い。痛くて英会話を休んでじっとしている。病院に電話したら、安静にして明日来てと言われた。妊婦って、大変……。

明日が小関さんの手術なので巨人－阪神戦を観《み》る。はじめは手術前にこの試合、よくないんでは？　と思うような展開だったが、しだいにいい感じになってきた。元阪神ファンとしては満足の結果。清原が、とてもこわかった。

「清原の顔は胎教に悪いからあまり見ないように」となっつからメールが来た。

9月25日

単なる逆子だが冷えには注意、という診断。それよりももう絶対に体重を増やすよ！　と先生とか看護婦さんとか助産婦さんとかみんなに言われる。どきどき！　たった今からタイユバンにためたポイントでフレンチを食べに行くのに！

でもほっとした。やっぱり痛かったりするとおそろしいことがいろいろ頭を去来するものだ。にしても、腸が腹の中でできとうにふたつに分かれているだとか、胃が変な位置に変わっていたり、体の中がむちゃくちゃだ。充分おそろしい。これではいろいろな痛みや変化がないわけがない。

そういう親の気も知らず、ちびっこは元気にどたばたしていた。そして……超音波の画面にはしっかりチンコが……。男でした。

ああ、どうしよう、キシダン（あの字がワープロに入ってない！）みたいなうずたかいリーゼントになっちまったら！　年頃になって女をはらませたり、一回洗ったパンツが洗濯かごに！　そしてドアをあけたらチンコをしごいていたり……などとショックのあまりあれこれ考える。

考えながら、おいしいフレンチを食べる。うまかったが、濃かった。体重も増加しただろうなあ。フォアグラなんか食べちゃった。デザートも二種類とってしまった。

9月26日

男の子だったことについて、まわりにもあれこれ聞いてみる。わりと、みんな喜んでいる。しかもそうだと思っていたって感じ。不思議。なっつにも思春期のことなど聞いたりしてみた。なっつ「なにもかも、見て見ぬふりが大切ですよ」はい、わかりました。

ａｎａｎの取材。すてきな人達が来た。そしてインタビューを終えて新潮社打ち合わせに突入していたら、なぜか沼田先生が通りかかる。再会を喜びあう。確か、マトリョーシカのことでロシアに行っていたと聞いていたが……すごい用事だなあ、しかし。

夜は健ちゃんに名店そして高い「翁《おきな》」でおごってもらう。もちろん本の原稿がそろった祝いだ。澤くん、中島さん、そしてアフガンにいる奈良くん、ごめんなさい。喉《のど》黒《ぐろ》とそばがものすごくおいしかった。「本の初校と再校と見本と実物ができるたび、そう、そういう人生の節目節目にここでおごってほしい」とお願いしてはみたが。こんなに食べて体重減るわけないよな、と心から思う。そのうえ便秘でいつでもためにためています。重さを。

9月27日

黒田アキ画伯に会う。彼の希望で事務所全員で！

おばさんギャルに囲まれてとばしまくる、五十代のかたよったエロ魂を見た！　まあ、パリに住んでいるというのも大きいでしょう。エロ方面に関しては。

ヨーロッパに住んでいる人たちのいいところは、時間の流れがあくせくしていないところだ。日本と違って、徹夜しようと眠かろうと、自分の近くに時間の流れがあるので、エネルギーが減りにくいのだ。たぶん。

「二回ほど無理心中されそうになったっけな……」などと気楽に遠い声で言っていて、すてきだった。あと、昆虫のセックスに興味があるご様子。いいなあ、ああいう感じ。

もちろん絵のこととなると情熱があふれでていて、きびしい眼を持っていた。

ああ、ヨーロッパに住む。すごいことだ。日本ではどうしてもバランス感覚が要求される場面でなんでもかんでも好きにしていいというのはたいそう孤独だが、深さも育つなあ、と思った。

帰りにハルタさんと慶子さんがかわいく見送ってくれた。あんなかわいい人達と働いているとは幸せなことだ。

9月28日

マヤマックスさん、出た腹を触りにポルシェでやってくる。急に決まった話だったが、そのほうが気楽に会えていいかも。ふたりとも出不精だし。

私の出た腹を触りながら「この世はそんなに悪い所じゃない！　早く出てこいよ！」と男らしく言ってくれた。産まれてからは親を置いて、ディズニーランドとかクラブとかに連れて行って、悪いことを教えたり、甘いものをうんと食べさせたり、男の遊びを教えてくれるそうだ。いいなあ。

うちで和んでから、カフェのはしごをし「中年期の仕事のしかた」を互いの収入など言い合いながら、語り合う。こういう話ってこういう仕事の人としかできない。それで、なんか楽しい。あんまり誰とでも言い合えることじゃないから。

おりしもちょうどいい感じの、冬めいた、曇った夕方。

しみじみと通り行く家や人を眺めながら、あれこれしゃべり、お茶をしてゆったりとした。

そして夜は松本夫妻が、子供が寝ているかどうかをモニターする最新機器を持ってやってきた。すごいなあ、文明。しかも双方向ではない！　こっちの音は聞こえず、子供たちが泣き出したりしたときだけ聞こえるわけです。よくできている。

そうです、今だから言えます、私の住んでいるマンションの上の階には、トータスさんちが住んでいました。もう、越していってしまいましたが。

すごいことだなあ、と思う。

おかげで近所つきあいの苦痛もなく、ずいぶんと気楽に時が過ぎていったし、なんだかちょうどいいおつきあいだった。お互い感じよく、それぞれの暮らしをしていて。でも、何かが通じ合っていた。

また人生のひとつの時期が終わった感じがする。淋《さび》しいけれど、お互いにまた新しい人生の時期がはじまる。その中で、また、わざわざ会ったりもするだろうと思う。なにせひとつ屋根の下で五年以上も暮らしていたんだから。お互いにお互いを頼もしく感じていただろうと思う。

逆子期のいいところは、頭に触われること。よくなでなでしてあげるが、やっぱり変なところに頭が出ている。不思議な感じ。小さい頭。

松本さんも「男はかわいいよ〜!」とのたうちまわっていた。そして、次は陸亀を飼いたいと。

9月29日

久しぶりに土器《どき》さんに会う。

お元気そうで、そしてギャラリーはすてきだった。DEE'S HALLができてから、一回も行ったことなくて(一度トライして道に迷って挫折《ざせつ》した)、損した気分になるほど、すばらしい空間だった。

今やっているのは、アンティークと植物の展覧会。

仕事場に置く植物を買う。すごく気に入ったのがあってよかった。かわいがって育てよう、長い間。芦屋《あしや》からやってきた、パイナップルの仲間だ。

あれだけの人が自宅のすぐそばに出入りしているのに、土器さんは全然かまえていないし、無理もしていないし、無駄もない。もはや侍のような境地を感じる。かっこいいなあ。生き方全《すべ》てが、筋が通っているのに力が入っていない。あと、センスがものすごくいい。手間を惜しまない。本当にすごい人だと思う。

昔からそうだったけれど、ますます尊敬の念を強くした。

気持ちが荒れてくるとよく土器さんの本を読み返し、地に足がつく感じがするけれど、やはり本の中にもう彼女の持つ空気が入り込んでいるのだろう。

あんなふうに、自分なりにだけれど、なっていきたい。十年会ってないのに、何も、変わっていなかった。より透明に、より強者になっていた。

で、お宅も拝見させてもらい、いい話を聞いた。港区では、家を建て替えるときに木を抜いて、新橋の公園にストックしておき、新しく家を建てる人には、大きな庭木を無料でくれるそうだ。なんていいシステムだろう！　家を建てるなら港区だ、なんて思ってしまった。その前に貯金！　私は最近とても貧乏です。でも楽しい。

実家で鍋《なべ》を食べる。セロリが入った鳥鍋。おいしかった。また、考えられない量のうどんを姉が投入！

いつもうどんすきの店に行くと「これっぽっち？」と思ってしまう、その理由がよくわかった。

9月30日

ももたさんの紹介で漢方の病院へ。

待たない感じのシステムになっていて、先生も優しくてよかった。

私「腸はどこにあるんですか？」

先生「ここところに分かれてあるんだね、そしてここからはもう便だね」

ぐすん……触っただけでウンコの位置が。そうです、便秘です。妊婦だからです。

でも腸が分かれて存在しているようでは、無理もないと思った。

私のようなタイプの便秘には繊維質は全く意味がないそうだ。むしろ悪いとまで。

胡麻もだめ。甘いものは禁止（さほど苦ではない）。果物禁止（これはつらい！）。

私「じゃあ私は何を食べれば？」

先生「煮こごりがいいね」

よりによってこの世でかなり苦手ジャンルのものを……。

そして体が冷えに冷えているので、お薬を出してもらい、飲んだらマジで冷えが改善された。手足と顔があったかい。すごいなあ！　漢方。こんなにすぐ効くなんて衝撃的だった。しまいには顔が熱くなり過ぎてぼーっとしてしまったくらい。冷えてないという状態がどれほど快適か、自分がどれほど冷えていたか、よくわかった。

10月1日

安産祈願に奈良へ。

新幹線の移動はやっぱり疲れるが、空《す》いていたのでなんとなく耐えられる。私は、自分がこんな時期までこんなふうに移動できるなんて全然思わなかった。やっぱりものごとは個人差だと思った。

お弁当のインチキオムライスをがつがつ食べながら、電車を乗り継いで三輪駅へ。いつになくまだ明るいうちに神社について、稲熊さんのすばらしいご祈禱《きとう》を受ける。きれいな夕焼けも満喫する。ヒロチンコと陽子ちゃんといっしょに、ぼうっと西の空を見上げてしまった。奈良の夕焼けはがつんとこないで、しんしんと雪のようにやってくる。そして夜はずっしりと重い。

昔の人の気持ちがなんとなくわかるような気がする。

これだけ夜が重ければ、朝の光に対する信仰心がいやでもおこってきただろうと思う。そしてその光は作物をはぐくむのだ。その感謝の気持ち、それが農耕民族の心だ。

さっきご祈禱の時に考えていたのと同じことを、突然稲熊さんが車の中で言い出したので、ああ、今日はやっぱりそういうことを知りにきたんだな、と思った。

それは「体と心に力が入っていると、何も受け取れない」というようなことだ。稲熊さんの奥さんの最高においしい料理をいただく。お嬢さんもすっかりきれいなお姉さんたちに育っていた。

そしてテーブルには釣りたての鯛《たい》の鯛しゃぶも！

そして久々に本物の酔っぱらいを見る。ゲストの一人が突然酔っぱらいだしたのだった。大学の時以来かなあ、ここまでの人を見るのは。いや、康さんになる前の町蔵がちょっとこういう感じだったかなあ……。一同ショーを見るように、酔っぱらいを見ていた。しだいに暴れ出したので、適当に対処したりして。

ふだんまじめにやっていると、こういうふうにストレスがたまるのかあ……と遠くから酔っぱらいを見物。この酔いかたは、学校の先生、公務員、銀行員などによく見られるパターンである、と分析までしたり。

それにしてもあれだけの力持ちの若者があれほど暴れていたのに、どうして稲熊さんご自慢の皿とか器がひとつも割れないのか……神様の力？　などと言い合いながら、他のしらふの人達は眠りについた。

昼間近鉄電車に乗る前にふと「最近自分が飲まないから、目の前で人が酔っぱらっていくのを見るのが楽しい」なんて言っていたが、本当になってしまったのでびっくりした。あいかわらず役立たない超能力だ。

10月2日

朝起きたら、鯛のおかしらでとったおいしいだしのみそ汁が鍋《なべ》でぐつぐつ煮えていた。そして、ごはんを食べながらみんな焼酎《しょうちゅう》を飲んで赤くなっている。何ごとだ！でもごはんをしっかり食べた。

それからさるびの温泉へ行く。すご〜く遠くて、腰が痛くなったけれど、温泉はすばらしかった。ぬるっとしていて、その後にうんとほかほかした。

心斎橋に出て、たけもとさんに会いに行く。ナタデヒロココとも合流。北海道に行って、いくらご飯を思う存分食べたらしい。すごいなあ、かにもうにも食べずに、いくらご飯だけ食べたと。そのせいか血色よく、元気そうで本当によかった。みんなで意地悪く「晩ご飯は大丸の北海道物産展（本当にやっていたのだ）に行こうか！」とからかう。

占い師のたけもとさんは少しふっくらとして、相変わらず優しかった。しかも、昨日たまたま私にメールしたという。う〜ん、さすが占い師！ 来るなんて知らせてないのに。特に観《み》てもらうでもなく、みんなで仲良くしゃべった感じ。彼の顔を見るだけで、幸せ。

今年は私には子供ができるはずない年回りなのに、たまたま子供ができない星の力を消す星がその時期入っていることにこのあいだ気づいたそうだ。そういうのを聞くと、この世の神秘を感じる。そして、私のまわりの占い師たちが子供のことを予想できなかったわけが少しわかった。

子供の名前だけ観てもらう。

たけもとさん「この名前だと、親からお金とかいろいろもらう名前やね」

私「でもいつか自立はするんですよね？」

たけもとさん「そうね、でも甘やかしたらあかんよ、それに吉本さんは親からも取られる生年月日やからね」

私「親からも、子からも！」

たけもとさん「そうそう、あなたが産まれてから、お父さんの仕事よくなったでしょう？」

私「たしかに……じゃあ私は誰から取ればいいんですか!!!」

たけもとさん「嫁さんかな……」

遠い、遠すぎる！

気をとりなおして、みんなで本物のオムライスを食べて、東京に帰った。

10月5日

結子の家で、炊《た》き込みご飯を食べる。彼女の炊き込みご飯は、なぜか少し甘くて、豚肉がきいていて、とてもおいしい。自分では作ろうとしても絶対作れない味だ。

今日も脇腹《わきばら》に子供の頭が出っ張っていたので、触らせてあげた。

「この子は何ごとも大丈夫な子だけど、これは絶対いやだということがいくつかあって、そのことではすごく頑固だよ。あと心配されるのが大嫌いみたい」なんて言っていた。顔もわかっているらしい。そうそう、この顔、とか言っていた。

帰りはヒロチンコと待ち合わせて辛いカレーや、ココナッツ餅《もち》を食べたりした。

旅疲れがなかなか抜けないので、早寝する。

10月7日

天気もよくないし、気の流れもよくない。体調もむちゃくちゃ悪い。

本屋にだけ行って、あとはおとなしくしていようと思い、そうする。それから、西武にマタニティとLサイズの服のコーナーがなくなっていたのにも驚いた。デパートじゃないみたい。のぞくだけだから、別になくてもよかったけれど。それにしてもマタニティって、どうしようもない。もうどうしていいかわからないくらい、どうしようもない。Lサイズも。少しばかり大きい人にはおしゃれしてはいかんというのか？日本ってなんだか悲しい。アメリカではどんなにでかくてもみんなかわいい服を着る権利があるって感じ。イタリアはもっと。

すごく胎教に悪そうな「魔神の遊戯」を読む。いろんな人がくまなくちぎられてバラバラになって村中から見つかっていた。島田荘司先生、今回もこの枚数をかる〜く書き上げていることが伝わってくる。うらやましいほどだ。そして御手洗《みたらい》は今回もかっこよかった。胎教に悪くてもあまりあるかっこよさだ。

昔は私もかなりうぶで「こんなに美しくけなげな俺のレオナにどうして冷たいんだ、御手洗！」なんて思っていたけれど、大人になった今ではよくわかる。レオナさんでは御手洗にはもの足りないのだな……。

ヒロミックスさんのすてきな本も見る。本当にあの人は心がきれいだし、きっと本当に人間ではなくって、宇宙からきたんだな……絵は全部自画像っていう感じでセクシーだった。そして、彼女の世界には写真も文もなんとなく「ひんやり」した感触の淋《さび》しいような気持ちよさがある。秋の高い空のような感じ。特にイルカの写真は、これまで見たどのイルカの写真よりもすばらしく、秀逸だった。

その二冊の感じよさと、かっこいいおじいさんたち大爆発！　ヒロチンコが買ってきたストーンズのライブのＤＶＤで、なんとか気分の悪さを乗りきる。

10月8日

ものすごく体調が悪いけれど、半分見学のつもりでフラに行く。

私よりも月がすすんだ妊婦さんがいて、ほっとする。

妊婦のことは妊婦にしかわからん！　というのは本当かも……、なんかすごく心強かった。先生もすごく優しく気配りしてくださり、心から、感謝を感じる。

ほとんど腰を落とさずにだが、参加させてもらう。

クラスのメンバーもほとんど替わり、ちょっと淋しいけど、しをりさんほか数人とすてきな先生たちがそのままで、これまたほっとする。

しをりさんはすごく忙しそうなのに、来れるときだけ言い訳もなにもせずにこつこつと通っていて、ふりつけも習ってない踊りでさえちゃんと踊っているのに「私は落ちこぼれだから……」なんてにこにこして言っていて、きゅんとなってしまった。落ちこぼれは、俺！　しをりさんは私よりもずっとずっと大人！

そして私の子供、私の説得には応じないくせに、サンディー先生が腹ごしに優しく頭に触ったら、ぐるぐる動いて逆子じゃなくなっていた。やっぱりおまえは男だな！美人に、そして大きな乳に弱いんだな！

でも家についたらまたしっかり逆子になっていた。

10月9日

歩かなくては、と思い、公園までてくてく歩く。時間がかかるかかる、たっぷり二時間かかった。ふくらはぎもつりました。

かなり、妊娠にも飽きてきた。いつでも流産のスリルでいっぱいというのが、また疲れる。いい感じで早くすかっと産まれてくれないだろうか……しかし産んだ人に聞くと「腹の中にいるうちはまだ楽だったわよう！」と全員が言う。まあそういうものでしょう。

高島屋でロールケーキなど買い、うさをはらす。

その後、ワンナイとマシューを続けて見たら、心が明るくなった。

どうして、あの人の、轟《とどろき》はあんなにリアルなんでしょう？

10月10日

しーちゃんとフレンチ。

ちょっと早い誕生祝いをごちそうする。デザートの食べっぷりに感動する。私がどんなにがんばっても、絶対に追いつけない意気込みだった。ああ、甘いものが好きって、こういうことなんだ！　と思った。もっともっと食べてほしかった。

そして、オクラまでてくてく歩いて、お茶をした。

「私以外にも飛石連休が好きな人がいて、びっくりしたよ」……としーちゃんに言われる。身近に三人、もうこれはブレイク直前だな。

すごい寝不足だったので、食べていても歩いていても飲んでいても、なんだか夢の中にいるよう、妙に楽しかった。

それからふたりで晩ご飯の買い物をして、圧力鍋《なべ》の使い道を話したりして、平和。平和が一番だ。

家に帰って、お礼にもらったあったかいルームシューズを早速履く。

10月11日

動物はどんどん歳《とし》をとっていく、悲しいなあ。

ラブ子を検査に連れて行く。はじめての病院だが、感じがよかった。ラブ子は背中のしこりを注射器でちゅーと吸われていた。なっつがとても優しく励ましていたので、すごく落ち着いていた。

ラブちゃん、本当になっつが好きなんだなあ……。なんか、娘を嫁にやったらそこでだんなさんに優しくされているのを見たような、あたたかい気持ち。

ラブ子には十一年間、たいそう苦労をかけた。引っ越しだの同棲《どうせい》している人たちとの二回もの別れだの、いろいろ。子供で言うとお父さんが三回も変わったってわけだ。

よくぐれずに育ってくれた。そして、彼女がどんなに長生きしても、あと六年か七年だ。その間の犬生を幸せにできるかどうかの責任は全《すべ》て私にある。ここが、人の子供と違うところだ。犬は、生涯メインの飼い主がリーダーであり、親であり、命を捧《ささ》げている全てなのだ。

いい老後にしてあげたい。

今年初めてのおでんを、圧力鍋《なべ》で作ってみる。すごくいい感じ。ちくわぶなんて、三日も煮込んだような味になった。

10月12日

すごく観《み》たかった「ヘドヴィグ・アンド・ジ・アングリーインチ」をやっと観る。わりとわくわくしながら。

嫌いな映画ではなかったが……ものすごいB級感というか、マイナー感があった。あと、曲と詞が何とも言えなく、だめな感じだった。でも、はまる人がいるというのは、すごくわかった。ところどころ、すごく好きなところがあった。そしてテーマも、今ひとつうなずけなかった。ちょうど二丁目で徹夜で飲み、いろいろなうち明け話を聞いて、それなりにすごく切実で涙が出るほどなのだが、何とはなしに「あなたにも責任があるのでは？」という言えないもやもやを抱えたまま、夜明けに帰っていく時の気持ちだった。

好きなジャンルにはきびしいっていうことかなあ。女装の人にはかなりうるさい私だ。

でもインタビューなどで観る主役兼監督は、とてもいい感じだった。今後に期待しようと思う。

あとは出かけもせず結子とだらだら長電話。長電話の幸せとして、カフェオレなど飲みつつ、空を見ながら、ソファに寝転がっていた。

10月13日

河合先生のフルートを聴きに行く。

素朴で優しい音色だった。

それになんといってもうまい。なんとなくじんとくるような味のある演奏だった。

自分がフルートをやめている理由をあれこれ考えてしまったが、結局クラシック音楽に対する興味のなさとそのせいで「こんなふうになりたい」という目標がいまひとつたたなかったことだろう、と思う。

教えてくれていた先生のことは大好きだったが、家で練習をしたいと思うほどのモチベーションが保てなかったのだろう。

まあ、そのうちまたちんたらとはじめよう、などと思う。

夜中に、私が腹をかばって不思議な姿勢でちょうど胃を圧迫するかっこうで寝ていたら、まさに「ここしかない！」という感じのみぞおちのツボに、何の前触れもアクションもなく、ぽん！　とタマちゃんが勢いよく乗ってきた。目が覚めたのと、胃液がこみあげてきたのが同時だった。吐きはしなかったが、ああ、びっくりした。胃液でのどが焼けるのがわかり「ああ、過食症などでいつも吐いている人ののどは大変なんだろうな」と変に納得した。

10月15日

レバナさんのセッション。

ものすごい、ダイヤモンドのような目をしていた。言葉を発しながらもエネルギーをあやっていることがよくわかる。すごい人だった。

待ち合い室みたいなところにパーティの写真がはってあり、知ってるお姉さんたちが実にかわいく写っていて、くすくす笑ってしまった。

ついでになっつとアカチャンホンポに行って、新生児の服とか靴下なんかを買う。きっとサイズとかでたらめに買っているんだろうな、と自分でも思う。ベビーグッズは、どうでもいい、なくてもいいものがたくさんあって、おかしかった。そのわりに綿100パーセントのものとか、あんまりない。へんなの。

こういう体験、なっつも自分の子供ができたとき、きっと役にたつだろう。

夜はがんばってフラへ。

もうひとりの妊婦さんはすごい。ストレッチもやっているし、ばりばりに踊っている。私があんなふうにしたら、足も腰もつってしまうでしょう。歳《とし》の差か？　体の差か？　とにかく全ては個人差だなあ。

この子供がお腹《なか》にできてから、うすうす思っていることがある。

それは「彼はもしかして、嵐《あらし》を呼ぶ男か？」ということだ。群馬も伊豆《いず》も沖縄も奈良もそうだった。私が遠くへ行こうとすると、必ず前の晩におそろしい嵐がやってくるのだった。

明日ヒロチンコの実家、那須《なす》に行こうとしている私。

今日ひどい目にあったのは慶子さん。私を送った帰りに、雨、あられ、雷におそわれ、やっとの思いで家についたらしい。悪いなあ。

10月16日

体が弱いということは、本当に理解されにくいことだ。

神経が繊細だというのもあるが、鍛えればいいとかそんなことではない。乙武《おとたけ》さんが腕立て伏せできないのと全く同じで、そしてそれが全然悪いことではないのと同じで、ある程度以上はどうやってもだめなのだ。私自身はそれと長年つきあっているし、母親の虚弱さをよく見ているし、それを受け継いでいるのも知っている。自分のQOLをある程度あげるにはどのくらいの活動しかできないのかよく知っている。それは自分を甘やかすことではない、向き合うということだ。

そして世界各国どこでも「それは精神を鍛えれば治る」と言われるけど、そんなのどう考えても嘘《うそ》だ。それは心身が丈夫な人の実感を一般論にあてはめているだけだし、それを真にうけて体をこわしている人って、いっぱいいると思う。

私は人ができることをできない、ということを長い間恥ずかしく思ってごまかしていた。見せないようにがんばってきたのだろう。

そういうことについて、最近よく考えたり調べたりしている。

まあ、この妊娠という状況でなりふりかまわずそれを出すしかないことになったのと「自分が男だったら生き方はまさにこうだっただろうな」という友達と近年知り合ったことで、突然何かがふっきれた。どういう縁なのかわからないが、それは本当にそうだった。

「……っていうことは、他に私のしたいことをしてくれている人がいるんだから、私はしなくていいんだな」ということがわかったわけだから、それはすごくよかったと思う。生きているだけで人に何かを与えるという役目の人がたまにいるが、その友達はまさにそれだ。今ではなんとなくわかる。彼と子供をつくったわけでは当然ないが、彼があらわれなかったら、めぐりめぐってとにかくきっと子供はできなかっただろう。私は関西に産まれたかったし、早くに家を出たかった。そしてヒッピーになりたかったのではなく、自分の見たいもの、知りたいものを見るために世界をめぐりたかった。でも、体の弱さと、家庭の環境と、才能がそうはさせなかった。私は書くためにしか産まれてこなかった。そのことが悔しくて、いろいろ抵抗もしたと思う。これまで、友達、恋愛を含めていろいろなすばらしい人を見たが、誰もが私にとっては少しちがっていた。「この生き方こそが、かっこわるいところもちゃんと含めても、私の理想だった」というのはその友達がはじめてだった。

しかし、彼を見て、私が「私が生きたかったもうひとつの人生」を心からふっきったときに、子供ができたのだろう。つまりやっと私の人生に私が帰ってきたわけで、人生これからだ。もう借り物の「いつかどこかへ行く」人生を送らなくてもいい。この人生は地味だが、やっと受け入れることができる。

いつか奈良くんが「彼がいるだけで、ものすごく安心する。なんでだかわからないけど、安心する」とその友達のことを本気で言っていたが、彼のまわりのクリエーターみんなにとって、彼は本当にそういう存在だと思う。縁の不思議、そして人生の不思議だ。

ということで、たぶん産前最後の大移動として、那須《なす》に行った。

なんだかとてもいい硫黄泉にお月見をしながら偶然貸し切りで入って、みんなでごはんを食べて、ヒロチンコの育った家（厳密にはちがうけど）のヒロチンコの部屋で寝た。那須は空気がとてもきれいだった。

移動は正直いってきつかったけれど、この機会をのがすとヒロチンコのお父さんに大きなお腹《なか》を見せることができないので、がんばってみてよかったと思う。
みのもんたの番組を観《み》ては「もしかして私に姑《しゅうとめ》がいないのは、よかったこと？」などと思っていたが、お母さんというもののいないおうちは、なんだかやっぱり寂しい。なんとなくいるべき人がいない感じがする。もうすぐ誰か帰ってくるような感じがする。

10月17日

しんどいといいつつ、つい那須どうぶつ王国へ。
「王国」の著者としてはやむをえないだろう（？）。
しかしいるものは、だいたい犬と猫。うちとなにもかわりない。
場所は、すばらしかった。小高くて、光があふれていて、夢みたいなところにあった。
手うちそばを食べにいって、東京へ。
お父さんの作ったデンジャーなヨーグルトについて語り合う。
私「ウルルンだと思えばなんということはない」

なっつに「いくらなんでもそれは言い過ぎでは」と言われました。

10月18日

旅疲れでぐったり。胃もぐったり。

まる一日休まないと何もできないなんて、人間を作るのは大変だ〜。

でも、高島屋に行って、タイツを買う。もう、普通の靴下が入らないのだった。

夜は静かにおかゆを食べる。おかゆと、明太子《めんたいこ》と、しゃけ。

10月19日

鴨《かも》ちゃんとカレーを食べる。あいかわらず美人だった。

いっしょに旅をしていてよく「美人だなあ」と思った記憶がよみがえってくる。

かわいい犬のオルゴールをもらい、出産気分爆発。

なっつに荷物持ちをしてもらい、伊勢丹《いせたん》でベビーベッドなど物色する。が、結局レンタルにすることにした。さらについついまだ全然いらないのに三か月の子供用のかわいい～服など買う。そして、つい自分の服と自分の靴下を買う。

そこですべての体力がつきる。

家に帰って地味に鍋を食べた。

気功の本を読んで、いろいろ得るものがあった。それは、ほんとうの気功師が言っていることがあまりにもドン・ファンの教えに似ているということだ。かなりデリケートな点まで似ていた。ある意味、注意深く生きるということは、おおらかということからかけはなれているのかもしれないと思った。すごく用心深く、敏感で、かたくるしく、繊細なものなのかも。

ついでにベッドの配置変えまでした。

あまりにも顔に陽があたってそばかすができるのと、夢見が悪いからだ。

10月20日

しかし夢見は変わらず、泣きながら起きる。

それが親にまで伝わり「なにかあったのか？　おまえの夢を見たが夢で泣いていた」と電話がかかってきた。私のいいかげんな勘、遺伝なのかもしれない。

それでも朝、すぐに窓を開けたり植物を見ることができるのが配置替えのよかったところだった。

青山ブックセンターで佐内さんのエッセイ集を買ってくる。あまりにも、すばらしい文章。ヒロミックスさんと言い、どうして写真家の文章ってこんなにすてきなんだろうな、いつも。高橋恭司さんもそうだ。なんだか心が洗われた。

そのうえ沼田先生のお出かけの本まで読んだ。切ない……。自由にともなうこの切なさをこんなにうまく表現するのはあの人だけだ。しかも、手間もかかっていて一冊の本が小宇宙だ。彼の文章も写真家の文章と、言えなくもない。すごく狭い窓から見た世界のはずが、なぜか大きなものとつながっているということなのだろうか。

10月21日

リフレクソロジーへ。

私の担当の人が何とこのタイミングでばっちりとバリに行っているので、店長さんがやってくれた。ますます腕をあげていて、すっかり爆睡してしまった。足腰の冷えもとれたようだ。

しかし、せっかく一年ぶりの休暇をとってバリに行ったのに、気の毒だなあ、すずきさん。無事でよかったけど、大変だっただろうなあ。

ibook の調子がいよいよおかしくなってくる。ただなだけのことはあり、LIVE-DOOR の接続もあやしいので、何がなんだかわからない。原稿もしょっちゅう保存していないと、ワープロソフトがすぐにクラッシュする。疲れるったらありゃしない。

これは、もはやリストアか、と観念する。でもその前にやけになってマックOS-Xを入れてみる。それで、あれこれいじってみる。案外見やすくて使いやすいかも。去年はじめて目にしたときは、なんて使いにくいんだ！　と思ったのに、不思議。時代の流れというものかしら。

これまで一番調子がよかったのは、原稿だけは windows で書いていた時だった気がする。どんなにじゃまなソフトがいっぱい入っていようと、フォントが汚かろうと、デザインが悪かろうと、まるで役所に行ったような気持ちであのOSの中でたらいまわしになろうと、安定はしている、それがやっぱり windows。

買うか……と決心をかため、さらになっつの「そんなに不安定なのは、マラソン選手が穴のあいた靴を履いているようなものだ」という名言に従い、サイン本を作成した後に、雨の渋谷、パソコン購入めぐりを決行する。

そして三軒みっちりと見て回ったのち、CD－RWのドライブがもともとついているノートパソコンを一台、購入する。

マックとこれと、どっちにも全く同じ設定で接続とワードが入ってるようにすれば、なにがあってもなんとかなるだろう。

頭の悪い私には、そのくらいしか考えつけない。妊婦は歩き過ぎて具合が悪くなり、足もつりました。

でも、ほっとした。

うどんすきを食べて、あまりの疲れで下痢して、くらくらしながら帰宅する。

10月22日

肉食をしていなかったせいだと思うが、ビタミンB群が圧倒的に足りなかったことに気づいた。

でも気づくまでに、何が足りないのかさっぱりわからなくて、いろいろ変なものをさがし食いしていた。

おかげでばっちりと体重が増えている。

ふと読んだ雑誌の中に、すごいことが書いてあった。それは、妊婦はつわりの時と七か月めに、異様なものをどうしても食べたくなるが、それはどう考えても体にいいものではない場合が多い、という話だった。たいていは子供の頃に食べたものだという。

私の場合、笑えるが、それはナポリタンとかつ丼《どん》だった。いかにもうちのお父さんが作っていたという感じの、幼い頃に食べていたものばっかりだ。

そして、そういうことがきちんと二回あった妊婦のお産はおおむね安産で、一回もなかったり、一回しかなかった場合は注意が必要なこと多い、という話だった。

「確かに二回あったから、太ったけどまあいいや～」などと思いつつ、フラへ。

ランちゃんが全然知らないふりつけをなんとかして踊っているので、心底感動する。私だったらもう、半泣きになっているだろう。度胸が違う！　運動神経ももちろん違う。

逆子の頭が当たって痛いけれど、慶子さんを見ながらなんとかついていく。いい運動になった。

先生にも「重くない？」と心配され、「重いです～」と答える。

ちょうどおもりをつけているような感じ。これ、出したら、軽くなるんだろうなあ。

10月23日

検診。体重のことで、小学校の時以来くらいに怒られる、怒られる。

このところの不思議なかつ丼欲と、甘いものをなりゆきで立て続けに食べたこと以外には(でもたぶんそれが原因)、異様に健康的な食生活をしている私。言われることがあまり思い当たらない。

でも、一日ほとんど一食で、肉は食べず、ごはんはそこそこ、でもりんごは五個くらい食べると言ったら、果物をそんなに食べちゃだめだめ！　と言われる。

それはそうかも、果糖だし。

あとは、ヨーグルトの食べ過ぎだと思う、我ながら。この世に生を受けてから、こんなにたくさんヨーグルトを食べたことはない。それも全《すべ》ては便秘対策。

なんでもいいからとにかく毎日薬を飲んで出して下さい、と言われ、たくさん薬をもらう。

気をつけようっと。アンナちゃんみたいに二十キロ増とかになったら困るし。

そうは思いつつ、立原へ行く。もう少しで、食べられなくなってしまうと思い。

あまりにも、おいしかった。本当においしいものは少量で満足するものだと思う。たくさんの野菜と、手間のかかった少しの肉。そして、一般的においしいはずのない酢の物をあれほど凝った味にするなんて。さつまいもなんて、さくさくと固いのにとても甘かった。

わさびアイスもすばらしかった。アイスの味が甘くて濃いからこそ、わさびのフレッシュな辛さが生きている。

快楽とその引き際《ぎわ》を絶妙にきゅっと心得たご主人のお料理は、彼のお父さんの書いたすばらしい小説によく似ている。

「近所でさっと買える野菜をたくさん使って、手早く作ったお料理こそがいちばんおいしいんですよ」とご主人は言っていた。

本当にそうだと思う。ためになったし、料理をまじめにやろうという気持ちにもなった。

夜、ものすごくいやな本を読んでしまった。なんでも、今、ものすごく信者を増やしている新興宗教の教祖が書いたものらしい。本からいやらしい邪気が私の頭に焼き付くような感じがして、すごい頭痛がしてきて、すぐに本を捨てた。

本好き、活字好きなので、たまにこういうふうに影響を受けてしまう。

あんな邪悪な人が多大な権力を持っているなんて、おそろしいことだと思った。

しかし、ヒロチンコに指圧をするために浪越《なみこし》先生の本をぱらぱらと見ていて、あの笑顔、あのマントラ(?)「指圧の心、母心、押せば命の泉湧《わ》く」を見て、さらにヒロチンコに指圧をしてあげていたら、頭がすっきりとして痛いのも治った。

やっぱり、真にすばらしい人は時空を超え、そうやっていい波動を出し続けていくらでも人を救うんだなあ、と感動してしまった。

小石川の、浪越先生が作った指圧教室に行こうかしら、子供が手をはなれたら(先過ぎ!)。

10月24日

何回も何回も、どうせ聴いたのに、いつでも聴いているのに、ニルヴァーナのベスト盤を聴いて、涙が止まらない。

あの頃、先が見えなかった私の人生の中で、彼の音楽は私の唯一《ゆいいつ》の友だった。

もう新作がつくられないことを、心から悲しく思う。

そして、歳《とし》が若く、世界もせまく、子供時代もあまり幸せでなく、結婚生活も不安定で、ドラッグにどっぷり飲み込まれ、頭もあまりよくなく、知識も薄く、名声も嬉《うれ》しいと思えず、いろいろなことに対処するすべを学ぶこともないままに死んだ……そんなろくでもない彼が、その人生の最後の時期に魂をふりしぼり、このような質の高い音楽を遺《のこ》した、そのことは何よりもすばらしいことだと思う。

夜は仕事を終えたなっつがなんとハンバーグを作ってくれた。つなぎが少なくて、ソースもおいしくて、ちょうどよく焼けていて、すばらしいできばえだった。ポテトサラダまで作ってくれた。

料理うますぎだ！

人が作ってくれるごはんを待っているのって、格別。普段自分で作っている人だけの喜びかも。

なんと言っても、自分で作ったものは味がわかっているから、つまらないのだった。

10月25日

マヤちゃんとかんぞうちゃんが、タマちゃんを見に、ケーキを持って遊びにくる。

かんぞうちゃん「こんな変わった猫、見たことないわ」

マヤちゃん「この猫の変わったフォルムと柄をこのまま描いたら、私の絵がへたくそだと思われちまうから、描けねえな」

かんぞうちゃん「きゅうすに似てる」

などと好き勝手なことを言っていた。

でも、私もそう思う。今までいろいろな猫を飼ったけれど、こんな猫は見たことがない。全然脈絡がない動きとか、しぐさをするのだ。

そして、もう一匹のハンサムな猫、ビーちゃんの好みのタイプはかんぞうちゃんだということがわかった。他の誰にもしないようなかわいさで、すりすりしたり、かんぞうちゃんがすわっている椅子《いす》のとなりで寝たりしている。

動きが静かで、神秘的で、美人で、声が高く優しく、ゆっくりしゃべるかんぞうちゃん。そうか……ビーちゃん。

これまで彼のまわりには、私やタマちゃんを含め、がさつな動きをして、しつこくて、声が大きい女しかいなかった。気の毒なことだ。

夜はヒロチンコと近所にできたカフェに行った。飲み物もおいしく、アルコールもつまみもちゃんとあり、開放的でなかなかいい感じ。

でも、客は私達だけ。心配……。

神様、どうかこの町に長続きするカフェを!!

子供が産まれたら、ちゃんと、酒も飲みに行きますから!

10月26日

このところ書き物が忙しく、朝と昼間は人と会っているとき以外、ほとんど机に向かっていた。新しいパソコンの設定などもあり、昼にごはんを食べているひまなんかなかった。

そうしたら、あっという間に体重が二キロ減っていた。

妊婦なのに? しかも外に十歩くらいしか出ない、不健康で運動不足の日が続いたのに? 果物はばっちりと(ちょっと減らしたけど)食べていたのに?

わけがわからん。でも、ちょっと、もうけた気持ち。

10月28日

お互い仕事の区切りがつき、私がもうすぐ出産でなかなか会えなくなるので会っておこうということになり、野ばらちゃんとお茶。陽子もあとから参加。

野ばらちゃん、ますますやせていた。なんと三十キロ台！　うらやましいほどだ。会っても特に小説の話はしなかったけど、お金の話とか占いの話とか、ものすごく下品な話とか、あほな話題で何時間もお茶をした。

この人とは昔から時々会うが、全身で「こうするより仕方ないんだなあ」という生き方をしていて、過ごしやすい。弱いところや意外なところはあっても「こんなことを言うなんてがっかりだ」ということは絶対にない。自分の決めた、あるいは何かのさだめで決まってしまった人生、そのことに対して、彼本人がすごく納得して心を決めているからだろう。

作家で、生き方に追いつめられて小説を書いていない人って、いんちきだと思う。たとえば、春樹《はるき》先生なんて、お金はあるのに人付き合いはあまりせず、トライアスロンに出ることができるくらい体を鍛えているが、よく考えてみるとそんな変わった人はあまりいない。その生き方の異様さがあの綿密な文体にしっかりと入り込んでいるから、人は共感できるのだと思う。

処女の山田先生というのも、きっと許しがたかっただろう。実際に多くの時間をベッドの上で甘く過ごしたことがあるからこそ、人生の苦さがあのなめらかな文の中ににじみでてくるのだ。

お酒が飲めない中上先生というのも考えにくいし、ひきこもりだった龍先生も想像しにくい。やはり、文はその人の人生そのものであってほしい。

野ばらちゃんもまさしくそういう人間なので、彼の描く主人公の心の叫びは、ずっしりとした重みになって涙を誘うのだろう。

ものすごく派手で可憐《かれん》な服装で恵比寿《えびす》のJRの改札に消えていく彼。

そして「今日は葬儀はないんだけれど、寺で催し物があるの」とバイトに向かう陽子。

なっつ「みんな変だ〜！」

そのとおりでございます。

後日「立派な益荒男《ますらお》をまんこからひねり出されたあかつきには、野ばらがかわいい子供服をプレゼントします」というメールが来ていた。文豪同士の文通、下品！ でもなんてすてきな言い回しでしょう、とその後愛用しています。これこそが文体の交流!?

10月29日

フラ。

同じクラスに振り替えで来ている妊婦さん、いよいよ臨月なのに踊っている。胸がどきどきしてしまう。私はあそこまでがんばれないかも。

みんなで妊婦集合写真を撮る。

もうあまりついていけないけれど、なんとなく参加する。

くり先生がダイエットをしていてサウナスーツを着て踊っているのでびっくり。内心「やせてないところがすてきなのに」と思ってしまった。

はじめてくり先生を見たとき「この世にこんなにかわいい人がいていいのか？」と思った。私が男だったら、一目ぼれしていたかも。

立原正秋先生の言うとおりで、女性は、それぞれが自分の花を咲かせるしかない。バラの木に椿《つばき》が咲かないように、自分を追求していくしかないんですね。そして、全《すべ》てが外見に出るから、面白い。人と比べるのは本当に無駄なことだと思う。

でもくり先生の美しさは内面から静かににじみでてくるものなので、やせてもなんでもすてきだと思う。野ばらちゃんと似たような意味で、たぶん生き方が外見にこれ以上極められないくらいに反映されているからだろう。

10月30日

運動不足を解消するために、たくさん歩く。

しかし三茶は自転車をみんながんがん飛ばしていて恐ろしい。なんとかならないかしらと思うくらい、みんな急いでいる。そんなに急いでどうするのだ。

妊婦は一年で終わるが、お年寄りとか足の悪い人のあんたんとした気持ちを思うと、切ない。私はせめてもう一生急がないようにしようと思う。シャーリー・マクレーンが巡礼の旅を終えて、貧しい村々や自分の体調をふりかえり「もう一生食べ過ぎるのはやめよう」と思ったくだりがあるが、それと同じくらいにしっかりと決心した。急がなければできないことは、もう、しない。

よく混んでいる伊勢丹《いせたん》などで店員さんがレジに走っていくが、「いいではないか客を待たせたって」と思う。あの、走っていく店員さんがどれだけ人をあせった気持ちにするか、はかりしれない。あぶないしね。

夜ものすごい事故を見た。トンネルの中で、大渋滞になった。現場はもう片付けられていたけれど、人が死んだ感じがした。それもこれもむやみに急いでいるからだ。この間、ジョルジョから、電車にあわてて乗ろうとして大事故になり、足首を切断した女生徒の話を聞いた。ものすごくいたましい話だったけれど、本当にむなしく思った。人間は丈夫なようでもろいから、階段から落ちたり、車にぶつかったら、死んでしまうのだ。

気をつけすぎてもばかばかしいが、急いだがゆえに死ぬのはもっとばかばかしい。

夜は、森くんと太田さんが親切なことに高い高い水炊《みずた》きをおごってくれた。あ、ありがとう。森くんとの仕事、スローペースで仕上げていますので許してください。太田さんには今度何かをいやというほどごちそうします。

でも話題は森くんが住んでいる「怪奇！　セックスの館《やかた》」のことでもちきり。向こう三軒両隣（？）みんな変わったセックスをしているという。森くん「風水が悪いんでしょうかね」

いや、それは風水では、ないと思います。

10月31日

急に思い立ち、新潟へ、女三人で。

なるべく移動を少なく、時間をゆったり組んで、ただだらだらとした旅をしようということになっていた。みんな疲れ果てていたのだった。

栗《くり》に弱い私、電車の中で陽子ちゃんの買ってくれたものすごくおいしい、鎌倉《かまくら》のどら焼き（栗とあんこと生クリームが入っている）をぺろりと食べた。鎌倉に住んでいる人がうらやましいくらいにおいしかった。今、栗の菓子は多々あるが、こんなに期待通りだったものははじめてかも。

で、ゆめのような宿、ゆめやに到着。ゆめやまでの景色も好き。山と、ひらべったい大地。かすかに海の気配が遠くにあるのも好き。

露天風呂《ぶろ》の植物がますます成長して、湯もいい感じ。やっぱり外は冷たく、湯は熱く、空気がきれいっていうのが醍醐味《だいごみ》でしょう。

晩御飯は若干量が減ったが、かえってちょうどよくて、すごくおいしかった。お米と魚はやっぱり新潟だなあと思う。おなかの小僧は、かにを食べるたびに面白いくらいぶるぶる動く。お父さんに似てかに好きか？

あくせくしていないのが、この宿のすてきなところです。ゆっくりと過ごすには最適。

みんなでただだらだらと風呂に入り、指圧をしあったり、しゃべったりする。ほぼ貸切状態だった。

久しぶりに腰が痛くなく、ぐっすりと眠る。

11月1日

どうして新潟の駅の売店には熟女雑誌がいっぱいあるのだろう。

若い女の子のヌードは一切ない。熟女のヌード、DVD、素人《しろうと》投稿写真も熟女また熟女。妊娠線も黒い乳首もたれた乳もどんとこいだ。

「いざとなったら新潟に来ればいいね」と三人の熟女は誓い合った。

そして、笹《ささ》団子を食べながら新幹線で帰る。

目いっぱい楽な移動にしたのに、やっぱり疲れが出た。もうそろそろ移動は無理かな。

大丸の本屋で、中村屋のシェフがカレーの作り方を惜しみなく公開している本を買い、さっそく作ってみる。かなりよくできた。たまねぎを、驚くほど長く炒《いた》めるのが大切だった。そしてバターを使うこと。

こんなに食べているが、ヨーグルトと果物を減らしただけで体重はしっかりと減った。

11月3日

マルコムさんが来日していたので、会いに行く。変わらず色つやがよくて、上品で、スピリチュアルな感じ。子供ができて人生も作品もよく変わったという話を聞いて、ほっとする。それから私が「東洋的だ」と思って一目ぼれし、いつもしているリングは「京都の寺の柱からインスピレーションを得た」と言っていたので、感動した。

その後も彼はヒロチンコと長い間英会話をしていたので、よかったと思う。

古いルビーのついたリングを買い、サイズなおし。小林さんも元気になっていてよかった。前回はまだ風邪引きのなごりでやつれていたので。

安産のお守りにすごく変わったてんとう虫のペンダントヘッドをヒロチンコに買ってもらう。見れば見るほど、私しか絶対にしないような不思議なものだった。

それから、アーシアちゃんが出ている「トリプルX」を観《み》にいく。

彼女とは、二回ごはんを食べ、十回文通した。敬愛するダリオ監督の娘さんだ。

知り合いがハリウッドのアクション映画に出ているのを観ることって、一生のうち最初で最後かも、と思う。

想像以上のバカ映画だった。痛快なくらい。誰一人賢い人が存在しない世界の物語だ。

ヒロチンコは仕事柄よくアメリカに行くが、あれがアメリカなら、ぜひもう行かないでほしい。

私の感想は「アーシアちゃんますます美人のお母さんに似てきたなあ、演技もうまいなあ」「あんなに不健康な暮らしをしているのに、アメリカ人はやっぱり禁煙なんだなあ」「潜水艦なのになんだか沈まないんだなあ、それに命をかけて開発したわりには、水に溶けて無害になる毒を水中経由で運ぶことにしたっておかしいよなあ」

エンディングの部分が、ものすごくよくできていた。こんなところにそんなにお金をかけてどうするんだ、というくらいかっこいい。

私にはさっぱりわからなかったボードそしてヒップホップの文化のすばらしさが集約されていた。

11月5日

朝、起きたらいきなりぎっくり腰だった。

とにかく同じ姿勢でいるしかないので、笑えてくる。下手に動くと痛くて泣けてくる。

激痛である。

もちろんフラダンスはあきらめ、家でじっとしている。

坐骨《ざこつ》神経痛とあいまって、なんだかとてもとても痛い。いろいろなかっこうをしてみるが、ただ痛い。

来日中のアレちゃんに会うのをとりあえずあきらめて、ぐすん、と思いながらひたすら寝る。

しかしよく寝た。ばかになるんじゃないかというくらい。やっぱり疲れがたまっていたんだなあ。ばかになるくらい寝ると、たまにはいいのかも。頭だけはえらくすっきりした。

11月6日

検診。ぎっくり腰らしく直立不動で行く。

出産の時、お世話になるはずの助産婦さんが担当だったので、いろいろ話す。この人はたまたま姉の友達。もちろん偶然だったので全員驚いたものだ。

冷えから来るおなかの張りも多少おさまり、逆子も直っていた。よかったよかった。このままもう回らないでよ～、と思う。子供はすっかりもう少年のような首筋をしている。男の子そのものの骨格だ。

院長先生が本を出していた。しかも売り上げはみんな募金に回すことになっていて、立派だなあ、と感心してしまった。プロフィールを見たら、カンボジアなどにボランティアで行ったりしている。すばらしい過去だ。できればこのまま、帝王切開などにいたらず、この小さい産院で産みたいなあ。

でも本を読んだら痛そうなことがいっぱい書いてあって、しょんぼりした。

ぎっくり腰のまま、いとこの友達の家で、さらにその知り合いのチャネリングを受ける。

すご～くいい人たちだった。

いとこの友達は風水の専門家だが、その家の清らかできれいなことに感動してしまった。あまりにも、きれいだった。しかもなんだかいるだけで心洗われるような明るい感じ。きれいにするってすごいことだ！　と自分の家の汚さをちょっと反省する。植物も生き生きと緑色で、枯れた葉なんて全然なかった。うちと同じ洗濯機さえ、きれいだと神々《こうごう》しく見えたりして。

チャネリングの人も、こんなにいい人いるのか？　と思うくらいまじめで誠実で感じがよかった。

おしかった点は、名乗っている人と別の人が降りてきた点だ。「女神です」って、男じゃん！　と思ったけど、あえてつっこむのはよした。きっと「私たちには性別はないが、便宜上女神と名乗っている、あなたがそう感じたならそれでいい」って言われるに決まっているから。そして、その存在は昔から私の天敵、そういう機会にたまに姿をあらわしては脅されるのだった。わしが何をしたっていうんじゃろうか？　まあ、自分に隙《すき》があるからそういうのにつけねらわれるのだろう。

でも、チャネラーはそういうあまりよくない、別名を名乗る存在をたまに体におろさなくてはならないから、大変な仕事だ、としみじみ思った。

11月7日

バリ帰りの案外楽しそうだったスズキさんに、久々に力強いリフレクソロジーを受ける。

やっぱり腰にすごく悪いところが出ていた。肉の質感まで違うと言われた。

彼女のおみやげの蛙《かえる》の声がする楽器、家で犬と猫に大うけ！　全員大パニックになってすごくおかしかった。

そして、美人で静かでダンスのプロであるかんぞうちゃんが「好きなタイプの女」とわかったビーちゃんは、音楽にも好みがはっきりあることがわかってきた。

彼は、ビョークと坂本龍一《りゅういち》が好きらしく、ＣＤをかけるとうっとりと近くのソファで聴き入りながら寝る。深い芸術の香りがする、本格派が好きなのかも。ジェーン・バーキンはだめ、っていうところが、なんとなくリアルです。

夜はやっとアレちゃんに会えた。

いちばんしたいことを今、はじめてしている彼。本当に生き生きしていて、楽しそうで、顔つきまで違う。

彼の安定した学問関係の進路とその実績を見て、私はずっと「いくらなんでも彼のほんとうにしたいことってのは、それに比べて非現実的すぎないか？」と思ってきた。しかし、ここ数年、彼は誰にも文句を言わずに、一人で夢に向かって自分を改造した。体も、心の方向性も、計画性をもって、しっかりと着実にねばり強く自分を変えてきた。そして、それがちゃんと芽を出したときに、誰にも迷惑をかけずに、しっかりとそしてきっぱりと進路を変えた。

さすがに去年くらいからは、私も彼が本気だということがわかってきて、反対するのをやめた。そして、夢を現実にすることの厳しさと、それを実行していくエネルギーのあり方について、また大きく彼から学ぶことになった。

でも、たいていの人にはあそこまでできないと思う。それは確かなことだ。夢を現実にする、というとえらくかっこいい感じがするが、それはたいてい毎日毎日の積み重ねを楽しく、したいことをしながらも、何回も不安にうちひしがれつつ、ただただ一歩ずつやっていくことなのだと思う。

えらく美人なのにちょっととぼけているすてきな中嶋さんが「イタリアンばなな」の出版打ち上げに招待してくれたので、出た腹で、直立不動で、恵比寿《えびす》の「MASSA」という店にごはんを食べに行く。アレちゃんと慶子さんと中嶋さんは全員イタリア関係の人たち。

その仕事の時はつわりで死にそうだったので、元気な（と言ってもぎっくり腰だけど）姿でみなに会えて、嬉《うれ》しかった。ごはんもおいしかった。お店の人も感じがよかったし、規模といい内装といい、なんだかフィレンツェとかミラノに行ったような気持ち。

子連れでは行けないので、いまのうちだと思い、がんがん食べた。

11月8日

仕事場の引越しの見積もり。

思ったとおりの金額で、自分の引越しずれに感動した。十回はしているからなあ。

あまりにも腰が痛いので、いくらプロが来るとは言ってもしんどくて引越しなんて想像もできない。ちょっと心が暗くなる。

でも営業の人が現場も長く経験していていろいろ臨機応変にやってくれたので、ちょっとほっとする。

あまりにも寒いので、ホットカーペットを出すことにして、なっつにたくさん働いてもらう。

それはいいが、午後いきなりでっかいカンパチが丸ごと一匹届いた。稲熊さんが釣って、送ってくれたのです。ありがたやありがたや！

うちには魚をさばく包丁などない。なっつに相談してみたが、やはり素人《しろうと》にはむつかしいだろう、というくらい大きい。

そこでガーデンの鮮魚売り場に電話して、なんとかしてもらうことにして、運んでいく。

人に頼むとなると調子よく「切り身と刺身とうまい具合にわけてね、その上あらとかまは絶対捨てないでね」なんて注文も多くなったりして。

そしてデポーでケーキなど食べたり、ホットカーペット用のクッションなど買い、カンパチくんを迎えに行く。

なっつと山わけ。彼がいなければぎっくり腰の私には、あの大きな重い魚をどうすることもできなかっただろう。刺身とあらとかま半分と切り身を持ってバイクで帰っていく彼。

うちの夜ごはんは、刺身食べ放題アンド鰤《ぶり》大根のお吸い物仕立てにした。

うまい！　でも刺身のげっぷが出そうだ。

ためしに猫にあげてみたら「生臭い！」と埋めていた。現代っ子はいやだなあ！まあ新鮮な刺身が食卓に並ぶことは少ないから無理もないか、見たこともないものなんだろう。

それにしても腰が痛い。変なふうに左をかばっているので右足がけいれんの発作を次々おこして、ものすごく痛くなり、のたうちまわって泣いた。この痛さと陣痛とどっちが痛いかというくらいに痛かった。あとでどっちだったか報告します。

苦しんでいたら、ラブちゃんが優しくなめてくれた。

11月9日

もうすぐ出産の報告がてら、占いのお姉さんに会いに行く。

いろいろ精神世界の話などして、盛り上がる。

私の腰は、妊娠で無理して抑制しているエネルギーが余っていて、痛いのだそうだ。わかるなあ。で、頭は絶好調だが、体は子供の体を創《つく》るのに精一杯でぼろぼろ。仕事はセーブしたほうがいいとのこと。

でも、したいことをけずっては絶対にいけないとのこと。

じゃあ、がんばってレッチリ行ってみようかな、なんてちょっと元気になった。

で、赤ん坊用のタオルを山ほど買って帰った。

今日はづけにした刺身に粉をつけてバターで焼いてみたら、すごくおいしかった。

そしてグルジェフの動きのビデオを観《み》ていたら、なぜかゼリちゃんだけが大きく反応しわんわんと吼《ほ》えていた。くわしい澤くんに聞いたら、覚醒《かくせい》のための動きだとのこと。ううむ、ゼリちゃん、さすがチベット犬。

他の動物たちはホットカーペットで全然反応せず寝ていた。

それぞれに好みがあるようで、面白い。

11月10日

自分でもどうやって実現できたのかわからないが、さいたまアリーナにレッド・ホット・チリ・ペッパーズを見に行く。もちろんヒロチンコの力を目いっぱい借りました。

とにかくその場に行けただけで嬉しい。直立不動のままでだが。

駐車場に入ろうとしたら二キロ先の駐車場に行ってと言われたりして、ああいうところのバリアフリーのいんちきさを知った。ないよりもいいけど、とにかく形だけだ。妊婦とぎっくり腰の二重苦を背負い、ますます身障者の人が日本で生きにくいということを実感した。別にみんな甘えたいわけではないし、なんでもやってくれなんて思っていないのだ。でも「できれば出かけないでほしい」とみんなが思っているのには耐えられないのだ。私はすぐ終わるからいいけど、ずっと続く人は本当に大変だ。少しでも、いいふうに変わっていくといいと思う。

で、ライブはすばらしかった。

やっぱり「カリフォルニケイション」「アンダー・ザ・ブリッジ」では涙が出るほど感動してしまった。行ってよかった、がんばって。

気づいたことは、ジョンが全然ギターがうまくないということだ。

あの程度の腕前であの年齢でレッチリに入ったのだから、そりゃあ精神的にまいってしまうだろう。

私がサンディー先生の次回のライブからいきなり後ろで踊れと言われるくらい、つらいことだろう（いくらなんでもそこまで下手じゃないか……）。

でもあれだけの名曲を作れるんだし、技術は上がっていくものだから、絶対よしとしようと思った。

そしてベースがうますぎる。うまいのに、裸にブリーフに靴下に靴に帽子だ。かっこいい!!!!　私が男に生まれたら、絶対あの服装をしただろう!　しかもアンコールは逆立ちで出てきた。

アンソニーさんの声も完璧《かんぺき》。すごく安定したバンドになったって感じ。そしてやっぱりライブで観ないとだめなバンドだ。CDよりもライブだ。

久々に鈴やんに会って、共に寿司《すし》を食べたりして嬉《うれ》しかった。

ためしに鈴やんに「レッチリは正式にはいつ結成されたの?」と聞いてみたら、すぐさま年号からバンドの歴史からみんな答えてくれた。すばらしい、音楽評論のプロの力。

11月11日

ｃｏｄｅの雑誌のための対談、子供とか未来について、中島さんと。

後藤さんも中島さんも子供がいるので、ただただためになる話がいっぱいあった。

後藤さんの「子供は大変だったけど、今になって助けてくれる。いちばん面倒くさいことがいちばん楽しいんだよ」というのと、中島さんの「うちの子、優しいんだよ。公園とかでお友達になりたい子に、自分のいちばん大切なものを嬉しそうに差し出して渡すの」っていうのにすごく感動した。中島さんのいつもすばらしい笑顔が、前よりもずっと優しそうに輝いていた。愛がほしい人生だったのだなあ。

私もあのくらい変われると楽しいんだが。

そのあと健ちゃんが来て「アルゼンチンババア」の装丁の見本を見せてもらう。あまりにもかっこいい、高いけど、いい本だと思う。私なら買いまくって、プレゼントしちゃうわ～！　クリスマスに、ひとりにつき十人の友達にね（幸福の科学か!?）！それは冗談だけれど、とにかく創るのにものすごいエネルギーを全員が使った、すさまじい本になってしまった。産休に入る前に出すにふさわしい豪華さと力のこもりぐあいだと思う。

奈良くんは絵に苦しみ、中島さんはデザインに苦しみ、澤くんは私よりも内容を把握しているほどに綿密に訳した。もちろん小説を書くほうも大変だった。濃くしすぎず、自分の色を出しすぎず、一スタッフとして、絵本のように書こうと思って。

だからすごくいい本だと思います。

11月13日

いきなりゼリちゃんの五回のゲロ、三回の大下痢で目覚める。しかもぐったりしているのでおおごととわかり、すぐ病院へ連れて行く。

血液検査ののち、緊急入院。もしも急性の膵炎《すいえん》でこのまま下痢と嘔吐《おうと》が止まらなかったら、命に関わるとのこと。

いったいどうしてしまったんでしょう？　と思いながら、夕方も顔を出したがあまりよくなっていないようだった。

動物は小さいから突然こういうことが起きる。それがきちんと命に関わってしまう。

「きっと赤ん坊もこうだろうな」とヒロチンコとしみじみ思う。

ゼリちゃんはまだ死んでもらっちゃこまる年齢なので、持ちなおしてほしいと思う。

夜は最後の（？）「春秋」へ、ゼリちゃんごめん！　と思いながら行く。

でも「悪いことが起きたときに楽しいことをやめるのはいちばんよくない」というのはうちのお父さんの家訓なのだ。

昔母が死にかけて入院したとき、私が「こんなときだから習い事をやめようか？」と言ったら、絶対やめてはだめだ、と父は言った。そういう考え方が戦時中いちばん

いいことと されたが、後になっていちばんいやなことだと思ったそうだ。

こういうときこそおいしいものを食べて体力をつけて、パワーをあげないと!!!

そして「春秋」はおいしかった。やっぱり。十年以上のおつきあいがあると、子供ができたと報告するのもなんとなく親戚《しんせき》に言うような気持ち。おいしいものをたくさん食べた。悔いなし!

かくこさんにいろいろ出産のアドバイスをもらう。やっぱり八ヶ月の頃、しゃれにならないくらい足がつったそうだ。

私「足をすごく、何回もつるのよりもやっぱり産むほうが痛いですか?」

かくこさん「もちろんよ! でもそのあとに赤ちゃんにやっと会えるから耐えられる貴重な痛みなのよ!」

あんな洗いにくそうないい器を使って、いつでもにこにこして気配りもしているかくこさんと妹さん、ご主人はあんなおいしいものを毎日こつこつと下ごしらえして、いつも妥協しないで、絶対に味を落とさないで作り続けている、本当に頭のあがらない人たちだ。私の根性の甘さなんて、あの人たちの一日分にも匹敵しないなあと思う。

ご主人におなかをさわってもらったので、もしかして子供は立派な料理人に?

とてもはげまされたので、家訓はやっぱり大切。

11月14日

幸い、急性膵炎《すいえん》ではなかったようで、ゼリちゃんは生きている。よ、よかった。しかし菌が血液の中に入り込み、予断を許さない状況。ずっと抗生物質の点滴をしていなくてはいけないそうだ。現代医学ばんざいだ。戻ってきたら、自然食とプロポリスでフォローしようと思う。

もうすぐ取り壊されてしまう食糧ビルで、奈良くんと対談。いい建物なのになあ。残念だなあ。何よりも奈良くんの作品に似合っているのに。トミーにも会い、出た腹を押し付けあった。

さらに、奈良くん、ヒロミックスさん、健ちゃん、中島さんにも触ってもらったので、きっと、子供には立派なギャラリスト、画家、写真家、編集者、デザイナーになる可能性もでてきた。

でも、大江健三郎先生と握手したのにいまだにノーベル賞をとっていない私のことを思うと、あまりあてにならない。

このあいだデコトラの番組を観《み》ていたら、こわいくらいに動いていた赤ん坊。

レッチリにもノリノリだった。ううむ。いやな予感が。

「海辺のカフカ」を読んで、星野くんいいなあ、と思ったのがよくなかったのだろうか。

奈良くんが「へそは？　へそはどこなの？」としきりに言っていたのがおかしかった。

ヒロミックスさんは変わらず美人で、なんだかやせて小さくなっていた。そしてあまりにもかわいく撮るので、こっちも和んだ気持ちになります。

古～い建物のベランダで無意味によりそう私と奈良くん。私の民族風の服とあいまって「売れない画家と貧乏子沢山の妻」みたいな写真になった気がする。

中島さんも含めて対談。今回の本はみな苦労したようだった。私は比較的楽だった。寓話《ぐうわ》は得意なジャンルだからだ。でも下町が出てきたので、自分の中の下町観を振り返るのが、けっこうつらい作業だった。きれいで、清潔で、誰が見てもいいというものには人は案外癒《いや》されない、というのが裏テーマの小説だ。

豪華絢爛《けんらん》な本になっていたので、楽しみ。

奈良くんの展示や、アフガニスタンの写真を見る。奈良くん、どんどん写真がうまくなっていておかしい。とてもいい感じの国だった。ああいうところもちゃんと報道してほしいと思った。

玉ひでで、親子丼《どん》を食べて帰る。人形町が様変わりしていてびっくり！　なんだか観光地みたい。トミーのお兄さんまで見てしまった。トミーの実家は、私の思い描いていたようなのではなくて、観光地の酒屋みたいな、立派な感じだった。

奈良くんと、健ちゃんと、なっつと水天宮に外から手を合わせて安産祈願をした。これでもう安産祈願に悔いなしだ（毎日何かしら悔いなしだなあ）！

11月15日

毎日新聞の取材。

いつもながらナイスなキャラの方がやってきた。

生まれた時から毎日新聞を読んでいる私。こんなナイスな会社とは、おとなになるまで知らなかった。いつでも、面白い人がやってくるので驚く。

小説ってあれこれ考えて書いていなくて、音楽のメロディみたいにところどころは天から降ってくるので、聞かれても全然答えられないところが多い。悩んだ〜。

で、ゼリちゃんのお見舞いに行く。

そうしたら、なんと退院していいとのこと！　まだ菌が残っているので、私は自分を徹底消毒（妊婦だから）しながら、ごはんは半分以下に減らしながら、自宅療養で火曜まで様子を見ることになった。よかった。嬉《うれ》しくてしかたないくらい嬉しかった。かなり疲れたらしく、ゼリ子、ずっとずっと寝ていた。動物は弱ったとき、ただただ寝るけれど、すごく野性的な治し方だと思う。見習いたい。

糸井さんの野菜（ＳＫＩＰというユニクロのプロジェクト）が届く。きれいで、おいしくて、生き生きした野菜たちだった。みかんは甘く、かぼちゃは味が濃く、トマトジュースはちゃんとトマトの甘い味がした。

金がない場合は量を減らしてでも質を上げて、口から入るものには気をつけたほうがいい時代だ。私なんてもう変なところで外食すると具合が悪くなる。気のせいではなくて、おそろしい成分が入っているのだ。感覚を磨けばすぐにわかる。まあもちろん、おいしくなんでもいただきますけどね。

人は食べるために生きているんじゃない、快楽は大切だけれど、生きている理由、したいことや求めていることがあるから、生きているのだ。そして食べ物は体を直接作り、空気と違って自分である程度選べる。だからこそ、大切だ。

かわいい箱に入った生きた野菜を、自分でていねいにさっと料理して、おいしく早く食べる。そういう時代になってきているのだと思う。本当は近所に畑があるのが理想だし、汚く土がついたのをがっと洗って食べられたらいいだろう。でも、都会ではそれができない。だからこそ、そういうプロジェクト（らでぃっしゅとかＳＫＩＰとかいろいろ）を利用するのは、全然贅沢《ぜいたく》ではないと思う。自分たちが食生活を合わせていけば済むことだから。

そういうのがちゃんと発達すれば、農家の人もあのきびしい仕事が報われるし、スーパーも腐りかけた野菜を売ったりしなくなるし、農薬つきの野菜を遠路はるばる運んでこなくてもよくなるだろう。

こういうことを言うと「そうはいかない」「高い」とか「時間がおしい」とか言う人がいっぱいいるけど、その、節約した時間とお金をどういうふうに使っているかを聞いてみると、案外ＴＶを観《み》たりしている場合が多い。そして何を食べてもそんなにおいしくなく食べている。ビッグマックだって、おいしく食べた場合と、えさだと思って食べた場合と、胃の働きが全然違うのだ〜。

おいしく食べましょう（熱い私）！

11月16日

鍼《はり》。考えられないくらいかわいいお姉さんにやってもらう。思わず意識が遠のいて眠りながら……終わったら腰が軽くなっていた。やった〜！

それにしてもやっぱり腰が悪いと、エネルギーが流れないので、鬱《うつ》っぽくなってくることがよくわかる。あの、生きているって感じのわくわくした気持ち（めったにはないが……）、あれは腰と腹のどこかからわいてくるんだなあ。

最近、腹が張るとき、太鼓の皮のようにぴしっと皮の表面が張り、中身の形がわかってこわい。あ、肩だ！　とかひじだ！　とか。

11月17日

女子マラソンのあおりですごい遅刻をしつつ、久しぶりにうえまつさんとごけいとさかいに会う。

なんと五歳とか七歳からの友達だ。

それぞれにいろいろな人生を歩んでいるが、みんな全然変わらない。そして、異様に面白い。この人たちと毎日いた時期が、ある意味では私の黄金時代だったといえよう。だって、どうやってもこんなメンツ、自分ではそろえられない。神の業としか思えない。

うえまつさんとは「ひな菊の人生」と全く同じようにマジでたて笛で夜中に呼び出しあっていたし、ごけいは口が悪くて体が弱く、しかしとても強くて正義感にあふれていて多分つぐみのモデルのようなものだと思われるし、さかいは当時ずっと家賃がタダの（タダだよ！　タダ！　しかも水道もガスもない部屋だよ）傾いた家に住んでいていつも半裸もしくはどてらを着て町を歩いていた。美人なのに。そして私とさかいはなぜか小雨の根津神社……よく時代劇で使われる、鳥居がずらっと並んでいるところで、武士になりきり、おもちゃの刀で本気で戦って血を出したりしていた。それは……中学生の時……。

ちなみに今はきれいな部屋にすてきなだんなさんと住んでいますがね。

腰は痛かったけれど、その人たちといたら、何かがものすご～く癒《いや》された。

なんだろう、肌レベルのコミュニケーションをした人たちだからか？　共に育ち、お互いの匂《にお》いとか肌の感じとか手の感触とか泣き顔とかみんな知ってるからか？　話題がたとえなくても何時間でもいられるっていう感じだ。

実家に寄り、姉の、常識をはるかに超えた量のしゃぶしゃぶを食べる。

やせるはずがない。

しかもごはんを食べながら汚い話になる。

私「最近腹が出てきて、おしりがふけないんだよ。やむなく後ろからふいてます」

ヒロチンコ「ええ？　普通後ろからふくよ！」

姉「そうか、男にはいろいろ障害物があるからなあ、お父さんは？」

父「そもそもあまりふかないからなあ……」

みな驚きで黙ると年老いた父はあわてて「いや、ふくときは後ろだけどね」などと言っていたが、多分、ごまかしだろう。

父のパンツを洗っている姉に敬意を表する。

11月18日

安野《あんの》モヨコ先生と対談。

かわいくて、きれいで、頭はシャープだった。さすがだ……。

そしてあんなにもすばらしい漫画を描くのに、いつでも謙虚にいろいろ悩んだり、美しくあろうとしていて本当にえらいと思った。私なんていつだって今の状況にどっしりとあぐらをかいて生きているのになあ。「人前に出るとはいえルックスやスタイルで出る仕事じゃないんだから」とけっこうむちゃくちゃに手を抜いているし。

でも、女の人がきれいでないのは、私も嫌いなので、このまま単なる子持ちババアにならないように気をつけようとは思う。

担当の林さんも安野さんも私も、多分、すごく似たような悩みを抱え、内面はかなり男らしく、それでも女性であることには変わりなく、さらに人がいいからいろいろふっきれずにあれこれ模索し、頭がなまじいいから本能に走りきれずに、結果的に最適な結婚相手を選び、今の状況にいる……という世代だろうとふんだ。

そういう女性こそが「男気」のある女性として、世の中を照らせる時代になってきたと思う。

自分たちが「だめだ」と思っている部分こそが宝なのだ、きっと。

健ちゃんに「動物ポラ日記」を提出。自分でも悲しいくらい、家の中が動物でいっぱいだ。だいたい家の中のどこを撮っても必ず動物がうつりこむ。面白すぎるというかつまらなすぎるというか、お互いに困る。あとはインタビューでごまかそうと思う。

仕方なく顔を伏せたヒロチンコとか私の出腹の写真（武田《たけだ》久美子と随所があらゆる意味で違う）とかもつける。

ゼリちゃん、回復してきたけど変わらず下痢。腰が痛いのにかがんで家中を消毒してまわるので大変だけれど、生きているだけで嬉しいので、苦にならない。目が合うたびににこにこしてしまう。

11月19日

英会話。今日はコスタリカの美女が教えてくれた。先生は相変わらず若々しくてきれいだった。そしてゼリちゃんの病院へ。体重はあまり減ってないが、血はさらさらに近づいている。まだ菌は残っている。消毒の日々は続く……。

11月20日

自分の病院へ。柿《かき》の食べすぎでついに糖が出てしもうた。遺伝的にも気をつけようと思う。柿には弱いんだよね～。

へその緒があんがいまっすぐで驚いた。子供はぐんぐん育っている。そして「おなかがすご～く出てますね、もう臨月って感じ！」と驚かれる。水でいっぱいらしい私。体重は変わらず。

ロルフィングでぎっくり腰にとどめをさすが、ものすごく息が苦しくなる。そろそろそういう感じになってきたかもしれない。いつも息が入っていかない。四人も子供を産んだ大家さんは「顔で男の子とわかった」と私にずばり言った。そして、男の子はもう九ヶ月になると苦しくてしかたなくなり、最後のほうは息ができないそうだ。わかる、その感じ。もっとひどくなるんだろうなあ。大家さん「でも産んだあとは、飛んでいきそうに軽かったわよ」

それを楽しみにしよう。

高島屋でついにチャイルドシートを購入。ベビーカーも。といってもヒロチンコが買ったんだけど、もう後にひけない感じ。服は犬に着せることもできるが、これらはもう、人の子でないと！　無事に生まれてくれないと困るよ、と言い聞かせる勝手な親の気持ち。

11月21日

仕事場の引越し。

引越しがはじまってから、いかに自分が引越しが嫌いだったかはっと思い出してしまった。もう遅い。でも忘れていなければもしかしてめんどうくささのあまりやめたかもしれないので、忘れていてよかった。

プロがてきぱきと荷造りしてくれる。そしてがんがん運んでくれる。

しかし、なんとなくだが、某引越し……センター……のからくりに気づく。営業、超優秀。窓口、超ていねい。初日、精鋭ぞろい。後日主婦ていねいに包みをあける。会計は初日に……という流れだ。

頭の中や机の上では完璧《かんぺき》なシステムだ。

これはどの引越し会社もいまや同じ方法だろう。

すべて専門家が分業、最低人数で効率よくということなのだが、やはり人のすることなのでいろいろ問題がある。まず、初日の梱包《こんぽう》と運ぶ人が何軒もかけもっているので、いつでも急いで次の現場を目指しているということだ。

わりと、最後の方がぐちゃぐちゃになっていたが、すごくがんばっていたので、許したくなった。つまり、現場の人のフォローというか、絶対に客の気持ちを荒立てないことで不備な点をおぎなう日本的な方法論だ。

などと分析しつつ、足りないものを大至急買いに行って、ふらふらで焼肉を食べに行って、おいしさのあまり少し持ち直す。最後の客だったので、おじさんやおじょうさんがプリンやトラジまで出してくれた。嬉《うれ》しい！

しかし、妊婦なのに引越しをするとは思わなかった。世の中にはさらに夜逃げの人とか、暴力夫とか、いろいろあるんだろうなあ。子供たちはみんなよくしがみついて生まれてくるなあ。

階段の上り下りですっかり足が痛くなる。

そして、私は本当に引越しとか契約とかガスだとか水道だとかなんだとか、そういう変化が苦手なんだなあ、ほとんど病気だなあ、とわかってきた。奈良くんと同じ病気だ。これは、世間では甘えと見られるが、本当に心の病だ。

まあ特に今の体調で引越しをするほうが間違っているのだが、本当に、向いていないんだなあ、と感心するほどだ。

あまりにもつらい気持ちが外に出たのか、動物も寄り付いてくれない。

11月22日

ますます引っ越しシステムの妙がわかってきた。

最後にやってくる温厚なプロの主婦たちが、全《すべ》ての荷物をふたりだけで解き、収納。持てないほど重いものももちろんあります。これは、むちゃくちゃだろう。しわよせは全て彼女たちへ。

十二時から七時半まで働き通しだ。

しかも前の日の人たちの失敗もみんなかぶるシステム。気の毒に思いながらも、自分は動けないので指示を出すが、どうしても手伝わざるをえない。それにすばらしい人たちなので、その人たちに文句を言う気になれない。

全てが現場というか末端に負担をかけるやり方なんだなあ、現代だなあ。

一応電話して「話が違う」と苦情を申し立てると、死ぬほど感じのいい応対。慣れてるんだなあ。なるほどな〜。

これで「苦情が来た」ってしかられるのはあのおばさんたちなんだろうなあ。悲しいなあ。ごめんなさい、と思った。

おかげでかなりの部分を自分で荷解きして、腹はつっぱるし、腰は痛いし、引越しはただただきらいだし、出費はかさんだし、すごいブルーな気持ちに。

それでもなっつくんがものすごくよく手伝ってくれたおかげでとにかく終わったので、よかった。おそろしい分量の本は、そのおばさんたちがみごとに分けてくれた。

もう、小さな引越しでもなるべくしたくないという気持ちでいっぱいだ。

にしても仕事場ができたのは本当によかった。私は今までほとんど二畳くらいのところで小説を書いていて、資料もどんどん捨てていたし、本もまだ必要なのに処分していたからだ。もう四十なんだから、多少出費があっても、ひとりになれて、執筆に専念できて、資料の整理に追われないでいい場所を確保しないと、子供もいるし、とても仕事は続けられないと思った。お金に余裕はないし、こんなことできるのは数年かもしれないが、仕事場で仕事をはりきってしようと思う。

その後ここに来るかもしれない大きな引越しのことは、なるべく考えないようにしよう。味噌汁だけ作って、ヒロチンコに買ってきてもらったおむすびで晩御飯。

なぜ、こんなときに鶏だんごとなすとねぎと大根の入った真剣な味噌汁を作ってしまうのでしょう？　疲れ果てているのに……。でもおいしかった。

夜、気づくと腹の出たところに犬の頭が乗っていた。かわいかったが重かった。動こうとすると猫がまたはにはさまっているのに気づいた。腰にいいわけないアンド冬だなあと思った。みんな寒いみたい。

11月23日

柏崎《かしわざき》の中村さんに会い、いろいろな、あの人たちの、裏話を聞く。とてもここには書けない、地元ならではのもりだくさんな話。

中村さんは接客のプロだから、話していて気持ちがいい。服を売っている時も、歯科に勤めていても、東京でも新潟でも全然変わらない。「どんなつらいときでも、接客をしていると元気になってくる」「いつでも思うのは、そのお客さんの一日を、自分の一言や態度でだいなしにしないようにしようということだ」などと名言をたくさん述べていた。

個人としての彼女は、もしかして歳《とし》よりもちょっと幼いところがあるかもしれない、甘えっ子で家族思いのかわいい人だが、接客となると全然違う。しかも金目当てではないのに、ちゃんと数字を出す。天才だろう。

一度その実力を試されてなのか、恐ろしいへんぴなショップにひとり店長と店員をかねて飛ばされていたが、そこでもなんだかわからないがもうけを出していた。お昼ごはんに絶対にんにく入りのものを食べなかったのにも、感心した。多分、彼女ひとりでおそろしい売り上げをたたきだしていたと思う。

そういう人は、どこで何をしていても大丈夫だ。

そんな能力があるのだから、もっと自己評価をばか高くしてもいいくらいだと思う。

突然雨が降ってきて、寒い、雪が降るかもと言ったら、さすが新潟県民、鼻で笑われた。来るなり「東京はなんてあったかいんだろう」と思ったそうだ。

11月24日

父の誕生会。

たけしくんと次郎くんが父の大好物のレバカツをテイクアウトしてきてくれる。これは最高のプレゼントだろう。しかしすごかった、父の鮮やかな食べっぷり。とにかく見るたびに間断なく口に運んでいた。

私も一枚食べてみた。昔は「なんて臭いのだ！」と思っていたが、今ではかなりおいしいと感じられて、びっくりした。大人になったのね。

そんな優しい次郎くんだが、またものすごいエロ話とエロビジョンを炸裂《さくれつ》させていた。これまたまさに間断なく。一度、彼の頭の中に入って、めくるめくエロ中心の狂った映像世界を見てみたい。

姉が相変わらずものすごい量の食べ物を作っていた。サムゲタンが秀逸だった。だいたいあの料理を自宅で作るという発想がおこること自体すごい。なっつの角煮もすごくうまくできていた。あんなに甘くなく、さっぱりとできるなんて、今度うちの圧力鍋《なべ》でもやってみよう。

なっつの携帯メールに「圧力鍋をお持ちなら角煮くらい作ってきてもらおうじゃないか、砂糖はざらめがいいと思う」などという姉からの脅迫メールが入っていたのは知っていたが、独身男性なのに仕事の帰りに「ピーコックでざらめを買って帰ります」などと言って去っていったのでおかしかった。

原さんにもいろいろな絵を描いてもらったのにすっかり不義理をしていたので、会えて、おなかも触ってもらってよかった。立派な音楽家、それも私のすてきな希望！

原さんの不思議な力というか、なんというか、原さんと知り合った女の人のほとんどが、一度はぐううっと原さんを好きになる。しかも、尋常な好きになりかたでなく、一時的に頭がおかしくなったかのように、思いつめてしまうのだ。また、そうなるのが自分だけとみんなが思うところも、ポイント。まあ、私ももうなんでも許しちゃう！　って感じの熱烈ファンだし、知り合った頃はかなり恋愛関係に近い時期もあったので人ごととしてげらげら笑ったりはできないが、なんというのだろう、そういうのって、本人はきっとすごく大変なんだろうなあ、と最近さすがに大人になったのでわかるようになった。十五年以上もなんとなく近くにいると、私が見ただけでも二十人以上そういう女の人がいたから、きっとその三十倍は思われているのだろう……。すげ～。

私はあくまで音楽と絵の窓口があったから、そこまではいかなかったのだろう。長くものを思いつめていられないたちもよかった。でも、彼を好きになるみんなの様子を見ていると「これじゃあおちおち遊びのセックスもできないだろうなあ」と思う。単にもてるというのと違うだけに。

これは「自分は特別よ！」という女発言ではなく、あくまで、人と人の縁は出会ったときから決まっているという私の考えが、この場合いいほうに作用したということです。

それでも、原さんがうちの家族に注ぐ、そして私のおなかの赤ん坊やヒロチンコに注ぐ本当にあたたかい愛情、かけねのない真実の、ただ包むような気持ちに触れると「この世には恋愛以上にすばらしいことがどれほどあることだろう」などと思って感激してしまう。

あれほどのあたたかさを、万が一ふたりの根幹にあるものが恋愛関係だったら、絶対に受け取ることはなかっただろう。

カスタネダも書いていたが、人はたとえ八十になっても「完璧《かんぺき》なロマンスがこの世にあるはず」という幻想を捨てきれないものらしい。なんという珍しい生き物だろう。でもそれが人間というものの大切な部分なのかもしれないし。

私は日に日にその列をはずれていくが、今のところ惜しくはない。でも晩年いきなりデュラスみたいになって恋にかけてしまうかも！

11月26日

英会話、実に妊婦らしくぼけていて、全然英単語が覚えられない。最後の晩餐《ばんさん》についてのいろいろな話を英語で聞いて、ためになったのが救い！　そうか、ぶどうの木はグレープバインって言うのか……晩餐とはいっても軽い食事だったから、ラストディナーでもミールでもなくてサパーなのか！　とか。

夜は、ためにためたポイントで横浜のホテルへ。

中華街でまずは食に走る。私はあまりえびとかかにが好きではないので、メニューはヒロチンコにだいたいまかせる。とてもおいしかった。ふたりで中華ってもったいない。いろんな味がためせないから！　でも、えびとかかにがそんなに好きでないからこそ、おいしいえびやかにでないとすぐわかるのだ。特に点心に入っているそういうものの質が悪い店に行くとすごくがっかりするけど、そこはおいしかった。

腹いっぱいでチェックイン。なんだか立派な部屋だった。夜景もきれい。

でもそんな部屋で全然ムードなく、ボブ・サップが出ている番組を観《み》てげらげら笑って寝た。すごい……生肉をジュースにつけて食べている。スイカを頭で割っている……でも、あの人、頭がいいんだろうなあ、と思った。

11月27日

朝、軽い朝食を食べていたら、ものすごく夜のままの服の人たちがどっとやってきた。

そして私はさとった。ヨーロッパで、夜の服のまま朝出かけるのがあれほど恥とされているのは、予期せぬお泊りを連想させるからなのか！　と。

だってみんな肩が出てるし、羽飾りみたいなのがついていて、なのに、朝の陽の中でトーストとか食べてるんですもの。なんか、淋しいような気持ちになる。祭りは終わったって感じ。

まあセーター姿の妊婦もどうかと思うが。

腹ごなしに久しぶりにクイーンズイーストに行って、だらだらと歩く。バーニーズにも行って、化粧品を買う。

横浜は風が冷たくて、やっぱり港町って感じ。近くて遠い場所だ。

夕方再度中華街に戻り、まずは専門店で飲茶《ヤムチャ》を食べる。おいしい……香港《ホンコン》ガーデンとはわけが違う。だいたい、皮が違うんだなあ。半透明なのに、切れたりしない。蒸し物は絶対に蒸したてで持ってくるのも大切。

そしてさらにおかゆを食べる。ヒロチンコが本物の中華粥《がゆ》を食べたことないというので、いつも行列のあの有名店へ。やっぱりおいしかった。

家では絶対に出せない味だ。

11月28日

しーちゃんとお昼。沼田先生おすすめの、いつも絶対にたどりつけない不思議な喫茶店で。今回はしーちゃんの簡単な道をとにかくはずさないナビによって、無事たどりつく。

意味もなく用事もなく友達とお昼食べたりするのがすでに一週間ぶり。そういうのってとても大切な時間だと思う、作家にとって。だから嬉《うれ》しかった。

しかし仕事はみっちりと残っている。

このところ、座ることさえもほとんどままならないほど忙しかった。

だからなんだか家に帰りたくないような疲れ方、まずいな〜と思う。

かなり極限状態に近い。もう少し横浜に逃げ出してればよかったなあと思いつつ、こつこつと片付け、たまりにたまった家事をし、仕事をする。合間にウンコのついたじゅうたんを洗ったり消毒したりもする。猫（最近とみに悪い子のビーちゃんが……でも彼はビョークとかんぞうちゃん以外にも、美輪明宏《みわあきひろ》が好きということもわかった。ますます、わかりやすい好みだ）が高いところのものを次々落として割ったりしたものも片付ける。掃除機が壊れたので手で。

よ、よめさんがほしい。ちょっと役割が多すぎ。

でも世間の男に比べれば、百倍理解とデリカシーのあるだんなで助かった……。まあ、そうでなければ、結婚などしなかっただろう。割れ鍋《なべ》にとじ蓋《ぶた》だ（違うって）。

11月29日

ものすごい勢いで仕事をすすめる。

この間安野先生と林さんに「実は、その態度こそが巣作りだ！」と断言されたスパートぶり。

仕事場が静かなので、ずいぶんとはかどる。やはり、十分に一回ウンコを拾ったり、けんかの仲裁に入ったり、鍋の火加減をみながら机に向かっているようだと、なかなか仕事とは進まないものだ。まして子供がやって来ることを思うと、やっぱり仕事場借りてよかった〜と、しみじみと思った。ひとりになれるってだけでも意味があった。あまり人に知らせず、人を入れず、ひっそりとした場所にしたい。

そういうところがひとつくらいないと、気が狂ってしまう。ただでさえもともとあぶないのに〜。

夕方は動物病院へ。

「ゼリちゃんは大げさだけどとってもいい子ですね」と先生に言われて嬉《うれ》しい親ばか

な私。菌はもう出なくなったけれど、感染源が特定できないので、また検診に通うことに。採血もした。この病気がひと段落してほんとうにほっとした。体重も着実に減っていた。まだまだ生きてもらいたいから、がんばってダイエットを続けようと思った。一キロ減ったたってことは、人間では三キロくらいの感じか。えらいなあ！　見習わなくては……。

11月30日

桜沢エリカさん、無事出産。おめでとう！

木曜日のことだったそうです。電話でちょっとしゃべったら、電話の向こうからなんかあたたかいオレンジ色の光がやってきた。声の調子からも。なんていい声を出すんだろう、お母さんってものは。ああ、うんと小さい赤ちゃんがおうちにいるってそういうことか……かけがえのない短い期間なんだな、と思ってはげまされた。

夕方は「至福のとき」を見に行く。まさに国籍を超えたほぼ山田洋次の世界。この監督はいつでもそう思わせられるのだが、やはりどうしても泣いてしまう。にしても……北京《ペキン》の病院に入りたくないなあと思った。それからデブの連れ子も絶対断りたい。

ゼリちゃん、やせたら別犬のように軽やかで若返った。歩きからして違う。

やはり……見習おう。

12月2日

「至福のとき」についてもうひとつ思ったこと、それは、若い女の子に対しておじさんが淡い恋心は抱いても、ぎらぎらしてなくてとてもいいなあ、ということだ。そういえば、台湾でもすごくそれを感じたことを思い出した。昔の日本って感じ。

ランディさんに関するトンデモ本が出ていたので、びっくりして立ち読みするが、読んで百倍びっくりした。ライターがピザーラに「田口です」と電話して住所を勝手に割り出していて、その上「ついにつきとめた！」などと書いている。すげ〜。犯罪だろう、それは。そんな技で見つけて喜ぶな！

でもこのことをあまり書いてもランちゃんも不幸になるし、私まであの人たちに矛先にされそうでいやなので、もうあまり書かない。

私たちは人の心を取材して書いてなんぼの、どんなにかいやしい、いやな奴《やつ》たちかもしれないし、サンプリングも盗作もあわやということがあるかもしれない、でもとにかく毎日字を書いていく、それしかできないかわいそうな奴たちなのだから。

それにしてもただ文を発表して読者がいるというだけで、一介の、中年にならんとしている女性を、何をされたらあんなにひどく言ったり、恨んだりできるのだろう？　そのことのほうが、すごいと思った。ショックでしばらく、くらくらした。

どんなに遠い嫌いな人のことも私は「極悪盗作作家」というようなふうには書けない。そんなすごい立場に自分があるとはと〜ても思えない。でもそういえば、あの大月という人は、前に私のことも「あんなブスとつきあいたくない」などと一方的に書いていたが、私の気持ちはどうなのだろう？　と思ったものだ。あと、それって批評か？　とも思った。小説と何か関係あるのだろうか……。

私は大ブスで才能もなくデブで妊婦で貧乏でバカでなかずとばずだが、他人の批判を一冊の本にして「訴訟大歓迎」などと思ったりする趣味はない。本当に、自分でよかった。

で、このことでどれだけ反響があっても私は産休なので、無視します。だって子供が大切。それはランちゃんもいっしょ。

午後は「H」の取材。動物について。語ったことそのままのことをその場でインタビュアーが目撃するという「どうぶつ奇想天外」みたいな内容になってしまった。毎日動物の観察をしているようなものだからなあ、私。

そしてリフレクソロジーに行き、腰の痛いところを圧迫して寝ていたら、意識が遠くなって汗がたくさん出てしまった。それで水をもらったり位置を変えたりお産かと思うほどの大騒ぎに。でも汗を出したら、気分がよくなった。いろいろ大変だ、妊娠最後のほうは。

12月3日

よく行くと思う、自分でも。フラダンス。

でも、なんとなく参加した。先生の笑顔を見ると幸せ。

そして慶子先輩の後ろにみっちりとくっついて、よく知らない踊りまでなんとかついていく。

途中、ミリラニ先生が踊る私を厳しいまなざしで見つめていたので「よほどまずい動きなのだろうか？」と思っていたら、あとで「途中で気づいた、そのTシャツ、ドラえもんなんだね！　よく見ないとわからなかったわ！」と言われたので、ほっとした……。

12月4日

検診。体重は変わらず。そして、やっぱり過労で糖とたんぱくが。

もう、絶対休む!!!

血液検査を受けることになる。高齢だわ〜。

午後は来日中のマリー・エレーヌさんに会いに行く。

彼女は子供ができてから、作品がおおらかになった気がする。やっぱり。

去年は赤ん坊だったエドモントくん、すっかり大きくなって少年のようだった。

そしてマリーさんは相変わらずすてきな指輪を作っている。ファイアーオパールのリングを買う。男の子はたいへんだというアドバイスと、仕事を忙しくしていると早産するよ、というこわい話も聞く。でもうんと幸せそうで、そのようすが大きなはげみになる。

12月5日

最近情緒もかなり不安定で、仕事のこと以外では人間関係のあつれきのささいなことで泣けてくる。これは……妊娠のせいというよりも過労だと思う。前にもこういうことがあったが、しっかりと倒れた。

朝泣きながら出て行ったので、犬たちも動揺していて悪かった。

でもすぐに元気になって群馬へ。大澤さんに会いに行く。鈴やんと弟の博之くんとも合流、大島さんと母と姉もやってくる。それぞれ病気（私は病気ではないが）があって、いつ会えるかわからないので、チャンスを見つけては会うようにしている。

大澤さんは元気そうで、この前に会った二年くらい前よりもずっと存在がはっきりとしていた。あの時は脳の腫瘍《しゅよう》がぼんやりさせていたのだと、本人が言っていた。大澤さんは若い人の前に出ると、いつでも先生になる。前回もそうだった。そんなに意識がぼんやりしていても、やっぱりきりっと若者には接していた。厳しすぎず、つかず離れず、優しく、おおらかで、受け止めてもらっているという感じがした。今回も博之くんに対する堂々とした、あったかい態度を見て「ああ、この人はすばらしい先生なんだ、したわれ続けているわけだ」と心から感動した。

昔、大澤さんの生徒さんたちからお手紙をまとめてもらったことがあるが、一番すごかったのは誰一人「先生は車椅子《くるまいす》なのにすごい」とか「難病なのにえらい」とか書いてくる子がいなかったことだ。ただの、尊敬する先生としてとらえていた。そして、大澤さんが車椅子だったりすることは彼らにとって「背が低い」とか「丸顔だ」とかいうくらいの、個人の特徴としてしか存在していない。どうしたらそんなふうになれるのか、想像もつかない。こういうことを見ていると、努力とかそういうものではなくて、生きていくということに関して自分はまだまだこれから成長することができるのだ、と思う。

博之くんの鍛え上げた体も見せてもらった。というか姉が「脱げ！」と言ったら脱いでくれたんだけど……ほんとうにすごかった。筋肉が硬く浮き出ていて、まるで模型のようだ。鍛えるってすごい。なっつが「下半身も見てみたい」と言って、誤解されていた。そして鈴やんは「僕がとなりで裸になって『使用前』っていう写真を撮りましょうか？」と言っていた。すごい兄弟だなあ。

宿でごはんを食べながら大島さんの最近のすてきな話を聞いて、楽しい気持ちになる。人が楽しそうに変わっていくのって、とても幸せ。

ところで、その宿は、十年前に姉と母が泊まって、たいそう気にいったからもう一回行ってもいいと言い出したので、とったのだが、ものすごく古くて不潔で、風呂《ふろ》のせっけんまで腐っていて、排水溝には髪の毛がびっしりとつまっていて、かびだらけで、十一時になったら仲居さんがぞろぞろ風呂に入ってきたり、こっちははだかなのに掃除のおじさんが入って来て湯を抜き出したり、まだ飯を食っているのに掃除をはじめたり、さらには刺身が昆布《こぶ》じめのような色だと思っていたら腐っていたり、ごはんがその日に炊《た》いたものではなかったり、したのだった。

おかしいなあ、うちの姉と母の感性ってこうだったたっけ？と思い、寝る前に「ほんとうにここを気に入ったの？」と聞いてみたら、ふたりとも口をそろえて「ここは最低だ、前はこうではなかった、もしかして違う宿かも」とたまったものを吐き出すように言い出したのでほっとした。

あれで八千円っていうならまだしも、二万三千円なのだ！ っていうか、八千円の宿にもたくさん泊まったけど、もっとましだった。しかも汚くてほこりっぽく、布団《ふとん》もかびくさかったので全員ぜんそくに。

もう、行くまい、伊香保《いかほ》のさ……亭。

12月6日

そうです、愛のかけらも感じられない空間にいると、人心はすさむのだなあ。愛のある空間の大切さ、清潔さのすばらしさを思った。ぜんそくっぽくなりながら、しみじみと。どうでもいいと思いながら働いている人々が掃除した空間の空《むな》しさよ、ごはんのまずさよ……。とにかくその宿を出ることができてほっとした。美しい鈴やんの母と、病も癒《い》え顔色のいい鈴やんの父がやってきて、ますます明るい気持ちに。

みなでお茶をしてから、水沢うどんを食べに行ったけれど、おいしかった。

うちの母は男の子を産んでないので、鈴やんの母にもいろいろためになるアドバイスを受ける。

帰りの車の中で私はほぼ寝ていたが、なっつが鈴やんと「明るくてハイパーな母を持つ苦労」を語り合っていたのがおかしかった。はたから見たら楽しそうだけれどなあ。でも息子とは母に弱いもの、ふふふ……楽しみ。

水沢うどん、おいしかったので夜は鍋《なべ》焼きにして食べてみる。飽きない。そしてつい、鈴やん父の作った生ケーキも食べてしまった。糖が……。

12月7日

やっぱり……。あの宿、経営が代わってからは「伊香保最低の宿として評判だとのうわさ」という情報がある筋から流れてきた。よ、よかった。やっぱり自分がわがままなわけではなかったのね。

午後は健ちゃんと澤くんと蕎麦屋《そばや》打ち合わせ。いろいろなことがさくさくと進む。みんな元気そうで、いろいろうまく進行していて、雨なのに店はあったかくて、とてもよかった。ゲラも見たし、仕事がどんどん進んでいくのはすばらしい。それに冬の曇ったり雨だったりする夕方が好きだから嬉《うれ》しい。久々に嬉しいという気持ちがした。あの宿の効用か？

しーちゃんと井沢くんから傑作なメールが来ていたのも、とってもよかったみたい。

銀行その他で雑用をすませて、ＣＤを買い、歩いて帰る。大島さんから電話がかかってくる。お互いに宿のことで真相（確かにあの宿に十年前姉と母は泊まったが、その時は経営が違ったのだ）を語りあい、すっきりする。そして、彼はライブに向かっていった。タフだな～。

帰ったらタマちゃんとスリッパが全く同じ感じでむしられていた。かわいそうに……。最近荒れ気味の家庭。それもこれも忙しいから。もうすぐ休む！

そばのペペロンチーニを作り、Ｋ－１を観《み》ながら食べる。なんだか痛そうで観ていると力が入ってしまい、ただただ気疲れしたけど見ごたえがあった。

そしてハイロウズのCDを聴いて、ちょっと安らいで結子に電話。お互いの近況をぐちりながら、楽しく過ごす。

12月8日

たづちゃんの家に遊びに行く。

だんなさんのアントニーはかっこいいイギリス人のおじさんなのに、相変わらず子供のようでかわいらしい。

彼は音楽を大きくかけて、たづちゃんにしかられた。そして小さく背中を丸めて反省したようすをあらわしながら、まずいったんボリュームを最小にして、そのあと最大にして、またもとの大きさに戻していた。

たづ「ああやって、一回大きくしてからもとの大きさにしたらそんなに大きく感じないから、もうしかられないと思ってるんだよ……」

たづちゃんの友達のやまもとさん（おっとりと、なんの脈絡もないコメント）「アントニーには、日本の住宅事情を知ってもらったほうがいいわねえ」

その光景とやりとり全《すべ》てのあまりのおかしさに、ヒロチンコと腹をかかえて笑ってしまった。笑いすぎて子供が出そうになった。

そしてすごくおいしいイタリアンに連れて行ってもらう。まさか、成田東にあんなおいしい店があるとは（失礼）！　と信じられないくらいおいしかった。本当にイタリアみたいだった、全てが。店の人たちも感じがいいから、いつでも満席。その実力は厨房《ちゅうぼう》のムードを見たらすぐわかる。もちろんリストランテではなくてトラットリアのおいしさなんだけど、完璧《かんぺき》。デザートに至るまですごい高レベルだった。

食べ過ぎて苦しくなりながら帰った。そして寒くて犬が全員下痢していた。

12月9日

雪。でも、彼女にとってははじめての雪なのに、タマちゃんは全然気づいてない。なんだか東京が浄化されていく感じ。

産前最後のアダンに行く。

やはり……おいしい。店じゅうのみなさんに「でかいなあ！」「がんばれよ！」と暖かい言葉をかけていただき、感激して帰る。だんだん胃があがってきてものが食べられないのだが、ああいう、完璧においしいものを少量ずつだとすごくおいしく食べられる。

あれだけ忙しいといろいろ大変さもあると思うけど、本当に活気のあるお店って、昨日のところもそうだったが、厨房から勢いのある光がもれているのがわかる。それから、決してきれいすぎないのに、清潔感があり、全《すべ》ての道具が使い込まれている。人が数人せまい厨房にいても、ごみごみして感じない。それから料理している人の顔がきりっとしている。

12月10日

フラ。

しかし息が苦しくてそろそろ限界か？　という感じがする。ステップをやって、二曲踊ったら、息があがってしまった。先生たちの美しさに見ほれ、チャントに混ぜてもらい、慶子さんのうまい踊りを見て、みんなもかわいいし、全て人ごとなのに満足して帰る。

この、競争心の異常な少なさが、私がハッピーな理由かも、と思う。なんだか本気でいい気持ちになってしまった。あと、フラだからというのもあるかも。フラメンコだったら、もっと激しく「自分もやるわ！」と思っていたかしら？　でも、覚えたいという気持ちはもちろんありますが……。

息があがりやすいだけではなく、晩御飯もあんまり入らない。腹が減るのでむりやり食べている感じ。ダイエットに最適の調子だ。私はやせていき、子供は大きくなっていくって感じ。

12月11日

アカシックレコードを読む専門家ゲリーと、通訳担当の大野さんとランチ。

ゲリーはお母さんが亡《な》くなったばかりなのに、人の悩みを聞かなくてはならない。大変な仕事だ。でも楽しいひと時を過ごせてよかった。

「え？　男の子？　女かと思った……」とまだ言っていた。「強い男の子になるよ」とも言われた。そしてヒロチンコとサッカーをしているところも見えると言った。卓球じゃなくて？

こういう、超能力者が普段小出しにする情報って面白い。

大野さんは変わらずすごくきれいで、かもしだしているものがいつもながら素敵だった。あれほど自然体で、ダイナミックな人はいそうでいない。あんなふうに歳《とし》をとりたいなあ。しかもほとんど同時通訳なのに、そう感じさせないくらい自然で急いでなくて流れるような英語で、すばらしい。

そのあとF．O．Bにフォークを買いにいったら、夏美さんがいて、私の腹にびっくりしていた。

昔、夏美さんがモデルもしていた頃、あまりにもセンスがすばらしいのでずいぶんと切り抜きをしては憧《あこが》れたものだった。当時では珍しいフランスの粋《いき》でかわいい女の子の感じがあった。

今も会うといつでもどきっとするようなすばらしいコーディネイトをしていて、いいなあ、と思う。レースのスカートをセーターとブーツに合わせるのはよくあることかもしれないが、あの、光ってとがっていてしかも明るい茶のブーツを合わせるというのは、絶対に思いつかない。特に日本人は。

ちょっとだけエリカさんの家によって、産まれて二週間の女の子を見せてもらう。

こわくて抱けないいくらい小さかった。全てが女の子って感じがした。かわいい〜。

そしてエリカさんもたけのりさんもすごくすっきりとしたいいお顔をしていた。有名なりゅっちくんがお散歩から帰ってきて、これまたえらくかわいかった。愛されて育ってる、って感じだった。

12月12日

赤ちゃんラッシュの日々、今日はまなみの家に行って、まなみの妹さんの産んだ一ヶ月の男の子に会わせてもらう。

やはり体のパーツ全てが男の子！　って感じ。やっぱりかわいかった。かわいいから、はげみになる。

動物もそうだけど、小さければ小さいほど、なめたいくらいにかわいい。そしてあっという間に、なっつや猫のビーちゃんのようにでかくなってしまうのだ。

まなみと苦労を語り合う。この最後の時期の体のきつさにはものすごいものがあると思う。腹は張るし、重いし、こわいし、疲れるし、眠いし。ここまでがんばったから無事産みたいけど、今出てしまうと早産になってしまうからこわい上に、しょっちゅう腹が痛くなるので「来たか？」「違った……」をくりかえすし。

だいちゃんにも会えてよかった。

いっしょに、できたばかりの日本初の「ベビーザらス」に行く。ベビーバスを買ってみた。つめきりとか。新生児用おむつとか。もう足りないものはない。ベビーベッドだけだ。

しかし同じ時期に妊娠するなんて、本当に不思議だし、嬉《うれ》しい。

思えばこの間春先に会ったとき、赤ちゃん連れのさとみちゃんが帝王切開の痛くおそろしい話を次々にしだし、ひ〜！　と思いながら、まなみに「次はまなみが帝王切開だね〜」「次はまほこちゃんが帝王切開だよ」と言い合ったときは、なんとなく「そろそろかもしれない……」と思ったけれど、ここまでタイミングを同じくするとは全然思わなかった。でも帝王切開は当たってほしくないな!!

ベビーバスにはさっそく猫が寝ていた。

12月13日
原さんの個展。
すばらしかった。出産貧乏でなければ買い占めたいくらい。色づかいが新鮮で、しぶくて、人々の表情がイノセントで。

いいものを見た満足で幸せになる。

みんなでお昼を食べて別れ、リフレクソロジーへ。むくみをとってもらう。本当にとれるのですごく助かる。こんなに助かるとは思っていなかった。寝てるところとか、痛がるところとか、いろいろな姿を見せてなりふりかまわず助けてもらっている感じがする。頭の下がる思いがする。

相変わらず引越し系の雑事と、人間関係、仕事関係の雑事がいろいろあってうっとうしい。特にこの時期は体を使えないので、ますます疲れる。

私は、人が妊娠すると、ああ、しばらくはこの人は妊娠が一番の仕事だな……と冷たいくらいきっぱりと気持ちを切り替えてきたが、それがいかに正しいことだったかを思い知る。そのくらい、世の中は奇妙な人が多い。切り替えるどころかぐいぐいと押してくる人がとっても多かった。あと妊婦にお金の無心をしてくる人。そして少額でも大金でも借りたお金を返さない人もいる。私は金持ちじゃないんだってば。あと、あなたたちの家族でも奥さんでもありません！

甘えにもほどがあると思う。かなりぐちっぽいが、本当にそう思う。

12月14日

いろいろ雑事が終わらず、一時間も遅刻して結子の家に行き、しかも炊《た》き込みご飯をごちそうになる。おいしかった……。煮物も。人の作ったちょっとしたおいしいものってすごく幸せになる。

結子はゲリーのようにサイキックだが、ふだんは全然そういうところをやっぱり見せない。普通の話を普通にしてげらげら笑ったり、最近の苦労話をお互いにしてただもりあがる。

ところで私は、変なところがばっと抜けているので、そして人間関係に不思議な一生懸命さがあるので、よく男の人に「この女がいちばん好きなのは実は俺だ、絶対にそうなのだ」と勘違いされます。結婚してもそれは変わらなかった。

そして、本当の男友達は、絶対に、そういう勘違いをしない。

私のあまりにも子供っぽくバカなところを見ているうちに、本当の男友達は「この女はマジで……本当にこういう、しかたない女なのだ!」とやがてあきれて納得するわけです。

その段になって「それでもやろうと思えばやれるな、やらせろ」に落ち着いた人とは絶対に縁が切れます。なぜならその「やりたい」にはたいてい純粋な恋と肉欲以外に金銭欲や征服欲や冒険欲が入っていることが多く「今のままの俺で、お金は一文も出さずに、いろいろ刺激になることを教えてもらいながら、できれば仕事でもからんで、つごうのいい時にだけやりたい、君ならそれを受け入れて甘えさせてくれるよね〜」というつごうのいい話になっているので、「じゃあ今すぐ今いる彼女だの奥さんと別れて、私と結婚して養ってくれよな、私は一文も出さん」と冷たい気持ちで冗談でも言うと、ひゅううと去っていくのですから。

で、ちゃんとした判断力のある上品な男の人は「この女、いろいろな意味でリスクが高すぎるし、ばかばかしくてやれない……でも女だから野郎といるよりは楽しいし、魅力もあるし、人としても面白いから」というところにしっかりといい感じに着地するわけです。

その着地から本当の友情がはじまるわけですが、どうりで仲良しさんにはゲイが多いはずです。

まずよく知らない人とするセックスに全く興味がない、だいたいセックスがさほど好きではない、よほど「したい」か「しないとこれはお互いもうだめかも、命に関わるかも」と思わなければ、絶対しない。でもそんなことはめったにない。そんなことになってもそれとその人とつきあうのとは全然別、さらに男というものが全然好きではない、むしろ女が好きだが肉体的に一線を越えるのはなんにしても暗くなるし面倒くさい、恋をしてる状態も全然好きでなくすぐに冷めてしまう、親が年寄りなのでかなりモラルに厳しく育ってる……というこの全《すべ》ての要素を乗り越えて、よく結婚できたと自分でも感心してしまいます（しかしなぜですます調になってるんだろう）。最近もとてもとても不快な勘違いにさらされて、しかもそれが小説がらみのことだったので、すごく腹がたった。

「あれは僕がモデルだよね」系の勘違いだったのだが、残念ながら、私は自分の状況を小説に書いたことは一回もない。もう、そういうふうに読まれただけで、がっくりきてしまう。いつでもよく知らないしかもこの世の人ではない（霊でもないが）人々の物語を聞き書きで構築して必死で書いているので、しかもテーマばっかりに力を注いでいるので、その苦労がパーになったような気がしてしまうのだ。あまりの腹立たしさにその人を必要以上に大嫌いになってしまった。あと、その人を信頼していた自分にまで腹がたった。

そして、お茶を飲みながら、結子にぐちっていた。

私「だいたい妊娠9ヶ月の、未亡人でもない女に、何を求めてるんだろうね……『そうなの、実は私もあなたをずっと求めていました!』と返事するとでも思っていたのだろうか?」

そうしたら結子が一瞬、遠い目をして、

「いや、違うと思うな……きっと彼は『君の本当の気持ちに気づいたってことを言ってあげないと、このままでは彼女がかわいそうだ』と思ったんじゃない? どういうリアクションがあるかなんて考えてなかったと思うよ~」

とさらりと言った。

私「なんだよ、それ、ますますきもいよ~!」

結子「だって、そう感じたんだも~ん、今」

私「せっかくお金もとらずに超能力を使ってもらったのに、全然癒《いや》されないばかりかますますいやな気持ちになったじゃん! それじゃだめじゃん!」

結子「しょうがないじゃん、感じたんだもん!」

平和なふたり……。

12月15日

本当は最後の遠出で温泉に行ってのんびりするつもりだったのに、突然熱が出て、だめになる。くやしくて子供のようにしくしく泣いた。

まあ、行かないほうがいいという神のおぼしめしでしょう……。

にしても熱が八度五分になってきたのに薬が飲めないので本当にこわかった。赤ん坊はなんとなく腹の中で静かに固くなっていくし……。ヒロチンコにごはんを買ってきてもらい、必死で食べてひたすらにうなされつつ寝る。まあ、これは、過労ですね。仕事をしすぎました。

12月16日

多少熱が下がって動けるようになったので、産婦人科に行く。

産むときに担当してくれる助産婦さんがいてほっとした。赤ん坊も、脈は速いが無事。そしてうすうすわかっていた驚愕《きょうがく》の事実が判明する。

助産婦さん「子供が大きいね～。これは……早まるかもね。あと二、三週間で産まれてもおかしくないかも」

どうも、九ヶ月なのに腹がでかいし、臨月の人と同じ感じの苦しみがあると思っていたので、すごく理解できた。

その後、院長先生にも超音波で診てもらったが、やはり大きかった。しかも胎盤もすごくでかいらしい。羊水も多いらしい。重いはずだ。

なんだかおなかが大きいので、あわててベビーベッドを注文したかいがあった。

安全な解熱剤《げねつざい》ももらい、しみじみと帰る。

帰りにヒロチンコにクリスマスプレゼントを買うが、そこのなじみの店の人にも「がんばって」とはげまされた。そういう暖かい励ましをたくさんもらって、かけねなく嬉《うれ》しい。それは妊婦の幸せなところ。

12月17日

赤ん坊がJBにすごく反応。ノリノリだ。

これは、やはり、踊り好き系？

このままでは音楽的になんとなくいけないと思い（？）、胎教によさそうな声をしている原さんに個展の感想の電話。

波照間《はてるま》のよしみさんとじゅんさんが原さんのライブのゲストに来られなくなって残

念だねえ、という話をする。昨日パナヌファのCDを受け取って、聴いているだけで清らかな風が吹いてきたような気がしたので、ますます残念。でもお店を閉めて東京に来るって、人知れぬ苦労があるんだろうなあ、とよく理解できるので、CDでがまんします。

そこで赤ん坊の話題になり、胎盤がでかく、本人もでかく、彼はよく私のそけい部をくすぐったり、足で肋骨《ろっこつ》をけったり、ひじをへそのわきから突き出したりして暴れていると言ったら「ああ、赤ん坊見たい、すっげえ見たい、むちゃくちゃ見たい！」と私以上に見たがっていて面白かった。

でも私も、ここまで来ると、どういう人が私の中でそんなことをしているのか、早く見たいと思う。

12月18日

安田隆さんから、なぜかどことなくロックの匂《にお》いがする（多分彼の音楽歴を反映して）、すてきな、星座別のグラスが送られてきた。親子三人の星座と、名前まで入っている。嬉《うれ》しかった、その手間みたいなものが。

「しかし、子供の星座が水がめになっているが、もしも早く産まれてやぎ座になってしまったらどうする気だったのだろう？　それとも、サイキックだから、絶対に水がめと思ったのかなあ」とヒロチンコと首をかしげ、ためしに聞いてみた。

そうしたら「実は……やぎ座も用意してあるのです」という返事が来た。案外地道な一面が！

悪いな～と思いつつ、ありがたく受け取り、とりあえず水がめを目指すことにした。

最後の美家古寿司《みやこずし》。う、うまい。胃が苦しくてあんまり食べられないけど、すごくおいしい。親方とおかみさんとお弟子さんにはげまされる。そして今、みんなに言われること「出ちゃうと大変よ～。今が楽よ」をまたも言われる。

この言葉、臨月のまなみもよく言われるそうだが、今がすごく大変なので、まだ想像がつかないね、とお互いに思っている。同じ境遇の人って、いるだけで楽だなあ。

12月19日

そういえばこの間、岡本敏子《としこ》さんの小説を読んだ。

もちろん俗世では「太郎さんとは実際のとこ、どうだったの？」っていうのがみんなの興味の中心だと思う。謎《なぞ》の養女制度、異様に長い同居、しかも死を看取《みと》っていること、仕事上の秘書でもあり……などなど不思議な夫婦関係にみな興味しんしんだったはず。

たぶん、普通の人だったら、書くのにもっとも用心深くなる点だろう。

しかし……内容はそんなことすっとばして、どうでもよいくらいにおおらかに、ふたりの愛と性の歴史を（いちおう設定は別人になっているけど、でも……）自分の楽しみだけのために、どばんどばんと書いてあった。

私は鼻血が出そうになりながらも「この明るいダイナミックさ、ふたりは本当に気が合っていたのだ」と妙に理解して、そして「小説は何よりも自分の書きたいことを思い切りどかんと書くものだなあ」と初心に戻るような明るい気持ちになった。

今日はクローゼットの修理の人が来るが、話が大きく食い違っていて、産まれるまでに修理ができないかも、と暗澹《あんたん》とした気持ちになった。こわれていると扉が倒れてきておそろしいのだ。

そして、最高に重いテンピュールのマットレスが届く。ヒロチンコが特注したものだ。

彼の背中の痛みにも、私の足のつりにも絶対にいいはずだ！　とふんで、楽しみに待っていた。

でも重くて自分では開けられないので、なっつに頼んだ。

なっつの名言「これ、ひとりではとても持てない代物《しろもの》かも。すごい苦労した……なんか、僕のほうに、いつでももたれかかってくる感じ」

テンピュールの人に聞かせてあげたいコピーだった。

確かに、人間の型に合わせてへこむので、すごくとらえどころがないもの。横にしてみないと、ありがたみさえわからないくらいぐにゃっとしている。

その上で寝てみたら、人は人型、猫は猫型、犬は犬型にきちんとへこんでパズルのようだった。でもなかなか快調。

疲れ果ててぐちっぽくなっているので（休暇旅行がだめになり、きれいな景色を見ることができなかったのも大きい。あとやはりまわりの人が出産に関してよけいなことを言ってきたり、あいかわらずお金のトラブルでもめたりしたのも）「一生ぐちを言っている人生はいやです、神さま」とお祈りして寝たら、朝になったらちょっとすっきりしていた。寝ているあいだすごくうなされていたらしい。寝ているあいだに、深いところでいろいろ精算したのかもしれない。

12月20日

ついにベビーベッドが来た。これでもう今度こそ逃げられない（何から？）！って感じがする。妙に実感もわいてきた。

夜は最後のビザビに行く。健ちゃんが見本を持ってきてくれた。もちろん「アルゼンチンババア」の。

すばらしい仕上がり、外国の人にもプレゼントできるし、手間の割には安いし、かわいいし、かっこいいし……中島さん、本当にありがとう!!!

そしてもちろん澤くんと奈良くんと健ちゃんも！

あまりにも、すばらしすぎて、自分の本とはとても思えないほどだ。

ビザビで橋本さんと久しぶりに会う。忙しさと外食をしなさと（予約しないといけない店なので）結婚貧乏などでタイミングを逸し、なかなか行けなかったのだ。そうこうしているうちにつわりになり、時は流れていた……。でも変わらずにおいしかった。「おなかの子供にとってそういう食べ方が一番いいから」とおいしいものをちょっとずつ、たくさん出してくれた。ワインを飲もうとしたら「やめときなさい」と止められたのでちょっとだけ飲んだ。まるでお父さん……。ここの野菜料理は最高だ。

トリュフもたくさん！

店の人もみな元気そうでよかった。そして卓球の愛ちゃんに似ているさっちゃんに「お母さんになるんだ！　信じられない！」とおなかを見て言われる。彼らにもさわってもらったので、子供はきっと「立派なイタリアンレストランをやる食いしん坊」にもなってくれるでしょう。

そう、あの店の人たちは、ほんとうに、食に命をかけていると思う。自分たちも絶対に食べるものに妥協しない。

橋本さん「吉本さん、今は、ほんと〜うにいいものを取り寄せることができるから、出かけられなくなっても悲観しないで！　それとごはんがあれば、大丈夫、ってものが多いから」

と私の食べ物のことばかり心配してくれた。ありがたい、そして、今、彼は取り寄せに夢中なのだな、ということもわかった。

尊敬する魚柄《うおつか》先生が「取り寄せはいかん」と言っていたので、しばらく取り寄せをしなかったけれど、産後、人のつくったおいしいものを食べたくなったときは（自分の作ったためしって本当に、飽きるよ）、許されるよな、と気が楽になった。なるほど、家にどうせいるわけだし、待っていればおいしいものが来て、ごはんだけ炊《た》けばいいわけだもんね。

その案いただき！　そして今まで留守がちだったことでできなかったことができるわけだから、やっぱりものごとは何かができなくなると工夫次第で必ず何か新しくできるようになっていることが、わかった。

健ちゃんとこのところの人心の乱れのすごさについて語り合う。みんな自分のことでいっぱいで、自分の都合をぐいぐいと押し付けてくるよね、という話。

だいたい、私と健ちゃんなんて、この世でもトップクラスの欠陥人間なのに、このふたりがまともに思えてくる世相ってやっぱりおかしいという気がする。

素朴な小説をたくさん書いて、気を晴らそうと思った。書くことでしか、もはや癒《いや》されないのかもしれない。

帰ったら、ヒロチンコがベビーベッドの組み立てでへとへとになっていた。しかも、ドアが小さい部屋で組みたててしまっていて、部屋から出せないことに気づいていた……やがていつか組み立てなおすことになるだろう。そこは子供部屋じゃないところだったから。

あまりにも消耗しているので気の毒になり、笑うに笑えなかったが、内心はお猿さんがつぼに手を入れて中の実をつかんで取り出そうとするが、手を握ったままではっぼから手が出ないので、手を離してしまい、実も離れてしまい、苦しむ様子を思い浮かべてしまった。どうして……あんなに頭がいいのに、そういうところは抜けているのだろう。そこがまたいいところだ、とのろけておこうかしらね。

12月21日

何もなく、寝ていていい日、これまた何ヶ月かぶり……。幸せ……。

午後まで寝てしまった。

でもどうしても必要なものがあり、髙島屋へ行って、その混雑でふらふらになる。立っていられないほど、混んでいた。何回か息苦しくなりがっくりとひざをつくが、みな余裕がなくて声もかけてくれない。それは別に悲しくないけど、やっぱり「あ、声をかけたら何かしてあげなくちゃ」と思うあまり、目をそらされるのはつらいものだ。何も頼んでないって！

下町育ちには世田谷《せたがや》のこういうところがちょっと悲しく思えるところ。

そして、本当に日本は不況なのですか？　と思うほど、みな、買い物をしていました。

タクシーも三十分待ち。運転手さんに「出歩いちゃだめ、そんなおなかで」と親のようにしかられた。

ついでにきらきら光るswitchを買ってきたが、川内さんの写真、本当にすばらしくてすごく嬉しかった。

12月22日

夜まではなんとなくはっきりしない感じで過ごす。

もう最近はすぐに疲れて起き上がっていられない。息も苦しい。つわりのときとよく似た状況だ。

姉が「今日は二日酔いだからゲロに似たものが食べたい」とわけのわからないことを言いながら、ちゃんこ鍋《なべ》を作ってくれた。みんなおいしいおいしいと食べた。しかし……。いや、これは後日。

お誕生日のお祝いが圧力鍋だけっていうのはちょっと……と思い、私とほぼおそろいのペンダントヘッドをあげた。

12月24日

ヒロチンコが「気持ちが悪い……そして朝は下痢だった」と言い出す。そういう風邪かねえ、といいつつ、私もいまいち食欲がない。

そしてKUUKUUの原さんのライブに、大渋滞の中、腹をぱんぱんにはりつめさせて、死に物狂いでたどり着く。

すばらしすぎるライブだった。特に前半は、このところのライブの中でも最高にすごくて、涙が出るほどだった。しかも私の好きな曲ばっかりだった。

あまり食欲がなかったので、KUUKUUのおいしいディナーを残して持ち帰ってしまったほどだった。そして、今年は確かにお弁当形式で量がすごく多かったので、それでいいのかも、と思っていたら、ちほちゃんはぺろりと食べ「おかわりがほしいわ～」と言い、照ちゃんはその前にたこ焼きを持ち込んでがつがつ食べていたのにも関わらず「足りない」などと言っていた。この人たちは、健康がどうの、体がどうのといつも悩んでいるが、そんなことよりも、メンタルなものをどうにかしたほうが……と思わせられる食べっぷりだった。

みーさんにおなかを触ってもらう。きっと立派なシェフに育ってくれるに違いない！　もしかして、それが、いちばん子供になってほしいものかも。でも……そうはいかないんだろうなあ。立原さんの家の潮《うしお》さんのようにはいかないものか。

みんなに「腹でかいね！」と言われ、優しくされて帰る。

本当にありがたいことだ。

12月25日

そして、来た。食あたりが。

そう、日曜の夜に食べた鍋《なべ》の中の牡蠣《かき》に、全員がこの三日間でやられたのだった。本格的にやばい牡蠣でないかぎり、こういう時差は充分ありうる。パリでも同じことがあったので、わかった。パリでは、新陳代謝のいい竹内くんがまず気持ち悪くなり、その半日後に私がおなかをこわしたあげくに高熱を出したのだった。後の人は、あんまり食べなかったので、助かったが、やはり絶好調というわけではなかった。

実家に電話したら「お前が風邪をおいていったんだ」とかのんきなことを言っているので「違うよ、牡蠣だよ！」というと「しっ、今、牡蠣をくれた人が来ているのだ」と言われた。

私（捨てぜりふ）「その人に残りの牡蠣を生で食わせてしまえ……！」

なんでも父も母も姉も倒れ、姉は二個ほど生で食べたので、二日酔い以上に吐いたのだと言う。もう水を飲んでも吐いたと言っていた。

そういう私も、一晩中うなされ、二回吐き、三回下痢し、いつまでも気持ち悪くて何も食べられなかった。おかげで体重が二キロ減って、母体としてはほとんどつわりの頃の体重になってしまった。

まじで吉本家の血が（おなかの子を含めて）絶えるかと思った〜。

でも、パリの時は熱も出たので、まだましだった。夜にはちょっとだけごはんも食べたし。

それにしても今思うと、ライブの後くらいからちょっと意識がしびれたような、朦《もう》朧《ろう》とした感じがあり、パリの時とよく似ていた。もう、私は、二度と、牡蠣なんて食べない。食べても二個くらいにしておくことにする。なんといっても火を通しても、菌は死んでも毒素は死なないことがあるというだけで、もうどきどきする。

しかし、これだけのことがあって赤ん坊ってよくしがみついているなあ。

感心してしまった。

体の弱い母さんのところに来ると、大変だ。

12月26日

ちょびっと回復。

しかし驚くような体重になっている。これは……お正月にいっぱい食べても全然平気かも。あと三キロ増えても大丈夫かも！　くくく。不幸中の幸い。

リフレクソロジーに行って「この腸の張り方はどうしたのだ？」と言われる。なんだか毒が出たようで、終わったら胃が軽くなっていた。よかった。

むくみやすい私がなんとかこの期間を乗り越えたのは、リフレクソロジーのおかげだったと思う。心をこめて担当のお姉さんに「アルゼンチンババア」をプレゼントした。

そうしたらたまたま彼女の誕生日だった。よかった。しかし「昨日受け取り損ねたクール便が今日来ることになっていて、中身は牡蠣だ」と言っている。私のつらい体験をしみじみ語り「誕生日は牡蠣で祝わなくっちゃね！」と言って別れる。

それにしても世話になったと、心から思う。おなかが減っていても、忙しくてお客さんが連続でも、いつでも私の小汚い足の裏を丁寧にもんでくれて、ありがとうございました。

年明けに行けるかどうかわからないが、行けたら行こうと思う。

12月27日

自分ではもうとても連れて行けず、なっつにゼリちゃんの検診に行ってもらう。ほぼ完治。ダイエットも（飼い主共に）成功。本当によかった。老犬は子犬と同じくらい早く弱るので、日々のケアに気をつけていこうと思う。

夜は、松本さんの新居にちょっとおじゃまする。

なんだか懐《なつ》かしい感じ。私は、松本さんの奥さんの顔がものすごく好き。本当に関西美人だと思う。性格も、大好き。子供たちはもう寝ていたが、年末のちょっとした平和な時という感じだった。忙しいんだろうな……あの仕事って。

「やっぱり大きい、もう臨月の大きさだ」としみじみ言われる。そして、臨月に入ったら急に楽になって食べられるようになるはずだと。やるぞ～!!

近所の噂話《うわさばなし》などして、帰宅。久しぶりに星を見て、寒かったけど、嬉《うれ》しかった。

12月28日

アランジアロンゾさんから、ものすごいドンジャラが送られて来て感動する。すごい!!!

昼間は妊婦の体の重さに鞭打《むちう》って、奈良くんのエッチングの展覧会に行く。すごく気に入ったのがあったので、買ってしまった。くそ～。でも嬉しい。

多分、このジャンル、彼はどんどんうまくなっていくとみた。あまりむいてなさそうで、実はすごくむいているのではないかと思った、なんとなく。絵でやりにくいことを、このジャンルではできるってことがたくさんありそうだった。

品がよく感じもよくかわいいおじょうさんたちに声をかけられた。ああ、同じ時代をみんな生きているんだなあ、と思いました。

あまりにも胃が圧迫されて苦しいので、なっつのお母さんに、巨大赤子を産んだときはどうだったか聞いてもらった。

そうしたら、なっつは今巨大なのに、当時は小さかったという。許せない。

でも、やはり臨月には楽になるというのと、おなかに手をあてていろいろお願いすると、なんでも聞いてくれるというアドバイスをもらった。今はなっつはお母さんの言うことなど何も聞いてくれないようだが、当時は聞いてくれたらしいのだった。

そうか……「逆子なおって」とか「健康でね」とか「そけい部をくすぐらないで」とかを聞いてくれるのは、なんとなく感じていたが、「これ以上でかくならないでね」は言ってみたことがなかった。なんだかもう遅い気もする。「もう少し下に下がってね」っていうのはいいような気がするけど、それですぐ産まれても困るし……と結局苦しいまま生きていくのだった。

12月29日

そういえば昨日恵比寿《えびす》の道端で、奈良君のサイトを管理している naoko さんにばったり会った……というか声をかけられて、嬉しかった。鈴やんもそうだが、いいサイトには必ずいい管理人がいるものだ。いい仕事をしているから、すっとしたきれいな顔をしている。こういう力で私や奈良君は支えられている、そのことがとてもいいなあ、と思った。

今日は上野で実家の忘年会。

上野に行くだけで精一杯、でもちゃんと参加し、ハルタさんにはずっと保留になっていた立派な柊《ひいらぎ》を無事もらい、縁起物の鈴やんも見たし（？）、原さんにも会ったし、照ちゃんに平井堅のラジオに出た話も聞き、慶子さんにも会い、パリ帰りのちょっとふっくらした陽子ちゃんにも会い、とてもよかった。

なっつのご両親にも会えたし。相変わらずお父さんは淡々とし、お母さんはエロい発言をにこりともせずに普通の顔で繰り返していた。

うちのお父さんに小説をほめられたのも嬉しかった。はげみになった。しかし、このあいだのデンジャーな牡蠣鍋の時も、その前でも、いつでも顔を合わせているのに、なぜ、今ほめたのだろう。思わず「急にそんなこと言い出すなんて……もちをつまらせたり、牡蠣にあたって死なないで！」と言ってしまったが、孫を見るまでは、うちの両親はこうなったら絶対に死なないだろう。

家ではほめるのが恥ずかしかったのだろうか……。

それから昔の彼氏たち、今は幸せな結婚……というのもじっくりと見て、話もして、なんだかとても幸せ。みんなよかったなあ、という感じ。まあ、そんな人たちが宴会で目の前に二組存在していること自体どうかと自分で思うが、全然、焼きもちもわいてこないところが我ながら、すばらしいと思った。みんなそれぞれ（じ、自分も）似合いの伴侶《はんりょ》を見つけて、人生のつらさを軽くしていっているのはなんといいことだろう。

がんちゃんの幼いお嬢さんを石森さんが優しくあやしているので「まあ、孫がいるだけのことはあるわ、石森さん……」などと思ってよく聞いていたら、

「遼子、俺は洋。『洋好き』って言ってみてくれ」

と意外な大人の会話をしていた……。

12月30日

このあいだどうしても買えなかった妊婦に必要なマッサージオイルや年末年始の食糧などを求めて、髙島屋にもう一回行ってみる。やっぱり混んでいたが、このあいだよりまし。まるでパリダカールラリーのような周到な計画を練って中をめぐり、なんとかみなこなす。

帰ってから意識不明になるくらい疲れた。

そして、夜はまとめ買いをした日用雑貨がみな届き、重いダンボールなど持ち上げて、妊婦とは思えないくらい整理整頓《せいとん》にはげむ。

入院用のパジャマも洗った。

あとは、できれば出先での破水で入院したくないな～というところかな。これから、多分人生で一回しかないすごいことが起きるのだと思うと、どきどきする。どの心境に一番似ているだろう？　結婚式？　いや、違うな……などと思ってあれこれ考えてみたら、わかった。

二回目に入れ墨を入れたときだった。一回目はわけがわからなかったのと、高橋恭司先輩も一緒だったので、全然こわくなかったけど、二回目はひとりで行ったのと、場所がえらく目立つところだったのと、柄もむつかしいQ太郎だったので、どきどきしたのだった。終わったときは生まれ変わった気がしたものだ。

体がからんでいるから、気持ちも似ているんだろうなあ。あともどりできないっていうところも。

でも、他人（子供だが）の命がからんでいるというのが違うところ。最近、長く胎動がないと本当にどきどきして「死んだんでは？」と思ってしまう。動くとほっとする。

うまく産めたらちゃんと文にして本にして知らせますので、待っていてくださいね……。特に体が弱くて忙しくて敏感な人にははげみになるかも。

12月31日

いつもこの日には熱が出る。今回も風邪。みそぎってことかしら。

そうは思いつつ、なんとなく掃除をしたりして大掃除のふりをする。寒いのでチャイなど飲みつつ、ぐずぐずと。

そして、実家にてそばを食べる。アイスも食べる。みゆきを見損ない、ボブは見た。

帰りの車の中で、新年になった。

そして夜中までつい、爆笑オンエアバトルの傑作選など観《み》て、だらりと年が明けた感じ。

今すぐあけてください！　中身がすごいんです！　そして買ってくださりありがとうございます！　お金を出しただけのことはあると約束します。

で、悲しいかな、いつだって装丁も挿画も私は全然タッチしてないんですよ……。誰に頼むかってことだけで。つまり、今回乙女なのは、奈良くんと、中島さん？

私は少女だったことっていうのがほんとうに少なくて、今もほとんど子供です。すぐだだをこね、こらえ性がなく、キャパが少ないです。人見知りだし、面倒くさがり。子供そのもの。

大人の女の部分は見た目がおばさんだということくらいですね。

男らしさは、認めたくないが、あるような気がしてなりません。

（2002.12.24－よしもとばなな）

相手をわざわざ怒らせるのはやめようとだけ思っています。つごうが悪いから行かない、用事があるから行かない、それで貫き通すしかないのです。

(2002.12.21－よしもとばなな)


こんにちわばななさん。

今日本屋さんで「アルゼンチンババア」を買いました。わたしは、お金に関しては、とてもとてもケチく、というよりも、世の中のお金の基準にいまだ馴染《なじ》めていないような感じで、お金を使うのが本当にイヤになってしまうときがあるのですが、ばななさんの本は、きちんと買えます。今日も、バイトでへとへとの私の目に、すごくきれいなキラキラの本が映って、こんなきれいなものを鞄《かばん》に入れておうちに帰れるなんて……と嬉《うれ》しくなってしまいました。お金の余裕はありませんが、ばななさんのこんな素敵な本が買えないくらいじゃ、生きてる意味なんてないなと思って、店員さんに本を渡しました。うふふ、熱烈なファンコールでしたv
それはそうと、ばななさんの本は、ほんとうにいつもすてきな装丁ですね。中身も、装丁も、私の理想の本の姿というものに、かなり近いのです。すごくいい本の存在してます。わたしは思うのですが、ばななさんはとても乙女ちっくな方なのではないでしょうか？

いつもうんちとかげろとかおっしゃってますが、本はいつもどこかかわいいですよね。ばななさんの中では、少女（こども？）のこころ、頭の良い成長した大人の女性の心、男性的な部分、どんなふうに混じり合っているのでしょうか？　自分で分析したものを、是非教えてください。

「アルゼンチンババア」、そのうち封を切って読みますね。

(2002.12.21－Akari)

それはなんだかいいことをしたような、縁をつないだような！でもあの場所は本当にいいですよ……心洗われます。

で、私はさすがに小学校二年くらいで、わかりつつもだまされてあげたいし、楽しい、というシフトになっていました。大事なのは、どんなことがあってもしらを切り続けることです！

(2002.12.10－よしもとばなな)


きょうスイッチを立ち読みして（「アルゼンチンババア」買うから許して！）「ともちゃんの幸せ」を読みました。

すごくよかったです。ばななさんの短編で一番好きなのが「バブーシュカ」なのですが「ともちゃんの幸せ」は自分の中では第二位！　です。

川内倫子《りんこ》さんの写真とも、ちゃんと相乗効果があってパワー炸《さく》裂《れつ》でした。あの闇《やみ》のなかに立つ樹《き》の写真をみたら何故《なぜ》か涙ぐんでしまった。風景写真で鳥肌立つことはあっても、涙ぐむのは生まれて初めてでした。

さて、質問です。

ぼくは飲み会やらの大勢の宴会が大嫌いで行かないのです。そうすると、友達から怒られたり、嫌われたりします。

「自分のペースで生きること」と「わがまま」の境界線のような基準てありますかね？

飲み会に行かないのは、やはりわがままでしょうか？

(2002.12.19－とかげ)


写真すごくよかったですよね！　私も感動しました。

そしてその件では私も長い間苦労しています。親しい集いは別ですが、そうでないと苦痛です。だから、わがままではないと断言したいです。ただ、行かないことに意味をもたせすぎて、ばななさんが結婚式をしたという大神《おおみわ》神社、恥ずかしながら知らなかったのですが、子供たちの七五三を「どこにしようかな～」と迷っていた矢先だったので、軽い気持ちで「行ってみよう！」と思い、実家の母に「桜井の方へ行こうかと思ってね」と言うと、母が「桜井なら大神神社とかいいんちゃうの？　昔おじいちゃんが大神神社へ納めてたしね。」と言うのです。何やそれは？　と聞くと、職人だった母方の祖父が、大神神社へ毎年納めていたものがあって、母が子供の頃祖父と一緒にお参りに行ったと言うのです。私の事をとてもかわいがってくれた、大好きな祖父でした。

夫にそう言うと、「じゃ、大神神社へ行こう」と二つ返事。その夜おじいちゃんが夢に出てきました（年２回程のペースで夢《ゆめ》枕《まくら》に立ってくれます）。なんだかとても嬉《うれ》しそうに笑っていて、待っているというニュアンスの言葉を言って（目覚めてからは何を言われたか忘れてしまってました）手を振っていました。

家族４人でお参りに行ってきました。木々を見上げると何だかとても落ち着いて、ここへ来て良かった……と思いました。大好きなばななさんの言葉から、大好きなおじいちゃんの思い出へつながって、すごく嬉しかったです。ありがとうございました。

長くなりましたが、質問です。

「イタリアンばなな」でクリスマスのプレゼントを徹底して隠すお母様の話がありましたよね？　私も全力をかけて子供たちを騙《だま》そう？　と毎年頑張っているのですが、小学１年の娘がそろそろ鋭い質問をなげかけてきました。ばななさんはおいくつまで信じて（というか、お母様のやり方に気付かずに）いたのですか？　私もやれるところまでは頑張ってみたいのですが……。

（2002.12.08－しろくま）

は書くぞ！」という、ノルマのようなものはありますか？

よろしかったら教えてください。

(2002.11.19－はやしたくや)


基本は十枚ですね。でも、あまり枚数にこだわらないほうがいいと思います。「シャイニング」のお父さんも枚数だけはのばしてましたからね～。直感にしたがってがんばりましょう。

(2002.11.23－よしもとばなな)


ばななさん、こんにちは。

いつも小説を読ませてもらっては、いろいろなモノをいただいてる感じです。なんか得した気分です。ありがとうーって思いますよん。

ところで、今、小説を書いているのですが、今回、ほとんどプロットをたてずに書いてます。このままどうなるのか、ぜんぜんわかりません。登場人物たちにまかせる感じで書いていってます。

ばななさんは登場人物が勝手に暴走して思ってもみない展開になったりしますか？

(2002.12.05－もとぴ)


私はなぜかそういうことがないんですよね、楽しみに待っているのに……。

(2002.12.09－よしもとばなな)


ばななさん、こんにちは。

以前に「奈良に住んで７年。どうしても好きになれない……」と質問を送ったしろくまです。その際はありがとうございました。

ばななさんこんにちは。赤ちゃんはスクスクですか？

私の娘（4歳）今、なぜなぜ？　時期に突入しておりまして、「正義」って？「天使」って？「ホッカイロ」って？　と毎日のように、抽象的なものから、雑貨的なものまで質問をされます。改めて聞かれると、よくわからん……と思いつつ一生懸命答えるのですが、ばななさんのお子さんがそういう時期に突入した時は、きっと、ばななさんが、ばななさん的感性で色々答えられるんだと思うと羨《うらや》ましい限りです。

そこで、実際に作家の娘であるばななさんは、子供の頃、お父様に質問をした際の印象的な答え等はありますか？　あったら、是非教えてください。

では、すっかり寒くなってきましたので、お体に気をつけてください。

(2002.11.19－さく)


実はうちのお父さん作家じゃないんですよね。なのであまりそういう意味ではすてきなことはなかった気が。「歌手になろうかな」と軽い気持ちで（もちろん本気ではなく）と言ったら、まじめに「君の声は、それほどの声ではないのではないか」とくじかれた記憶はあります。すごく小さい時に。そんなにまじめに答えなくてもいいのに……。

(2002.11.22－よしもとばなな)


ばななさん、はじめまして。

昨夜、「キッチン」を読み終えました。ばななさんの文体って、ふしぎな魅力がありますね。どんどん好きになれそうです。

ところで。ぼくも作家になれることを夢に見ながら日々、ワープロにむかっているのですが、ばななさんは1日に「何枚まで今でもさほど気がすすんでいるとはいいかねますが、できてしまったものを殺すより前向きにできることをしよう、というのが現実的な私の考え方です。具体的には東京をもう少し好きになれるようにしようと思っています。いずれは越しますが。

まあ、私の世界観を受け継がず能天気になる可能性もありますし！　何よりも、親の愛情が絶対に保証されているので、それは彼にとってわりと有利でしょう。

私の場合、病弱と、目が見えなかったのと、親の闘病の最中だったことと、親の仕事環境があまりよくなかったという幼児時代を送ったことがこの暗い世界観を作ったことに大きな影響を与えているので、そこまでではないかなあという気がします。

さらに、私にとって生きていることは地獄ですが、それと「生きていたくない」というのは全く別です。地獄でも、常にどう地獄なのかを観察していたいのです、仕事柄。地獄だということに甘えたくないのです、仕事柄！　仕事は大切……。

(2002.11.19－よしもとばなな)


子供の頃、ご自分で、またはお姉さんや友達と考え出した遊びはありましたか？

その中で最も内容が凝っていたのはどんなものでしたか？

(2002.11.18－フクシマノリエ)


前にも書きましたが、私のお姉さんは学校の半地下になぜか机とダンボールで家を作ってかなりの時間をそこで過ごしていました。そこに行くには細い高いおそろしい金網だけでできた通路を歩かねばならず、すごい冒険でした。さらに、そこの基地に入るにはなぜかパンツを見せねばならず、大変でしたが、入るとカップヌードルなどがふるまわれ、嬉《うれ》しかったものです。

(2002.11.19－よしもとばなな)

私は説教される上に、さらに想《おも》われてもいない超ソンな女です。

でも、たぶん途中であくびしたり空を見たりしないのが原因だと、私の場合思い、堂々とそうするようにしたら、減ってきた気がします。

「説教くどき」というジャンルは明らかに存在します。よく見かけますし、くどきのなかではかなりスタンダードなものでしょう。

はやいうちに「私、彼氏の言うことしかまにうけないんで」などとコメントするといいでしょう。

でもその場合酔っ払いは確実に「そういう視野のせまいことだから、いけないんだ、人生とはいろいろな意見を受け入れていかないとせまくなる」などと続くので、時間を切って帰るのが確実ですね。

(2002.11.14－よしもとばなな)


こんにちは！　初めての投稿です。

私はばななさんの描く物語を読んで、生まれたからには、がんばろうって気持ちになれるのですが、だけど、生まれないにこしたことはないよなぁとも思ってます。

そこでこの世は地獄だとおっしゃるばななさんに質問です。地獄であるこの世に、自分の子供を産み落とすってどんな気持ちですか？

自分のかわいい子供をこの地獄に産み落とすことに対するためらいなどはありませんか？

私はそういうひっかかりがあって、どうしても子供がほしいと思えません。ばななさんの子供を産み落とすことにたいする前向きな気持ちを聞かせていただけると嬉《うれ》しいです。

(2002.11.18－かお)

しかも「そのおとぼけに千点！」と言いながら起きたそうです。何を見ていたんだろう？

ドラえもんで一番泣けるのは「明日まではいられる」「じゃあ今日は語り明かそう」っていう（確かそういう感じだった）最終回の時でした。なんて悲しいんだ！　と腹までたったほどです。

(2002.11.11－よしもとばなな)


ばななさん、こんにちはー。

にんぷライフも順調なようでなによりです。ツワリで苦しむ友だちを励ますのに「ばななさんもゲーゲーだったらしいけど今は元気そうよ」と云《い》ってます。つらいことはちゃんと終るけど早く過ぎるといいなあ。

ところで質問ですが、ばななさんは説教されるひとをどうおもいますか？

説教好きがターゲットにするひとたちって何か原因があるのでしょうか？

わたしはよく説教されるのです。気を抜いてナチュラルにしてると特に。困ったもんです。とにかく逃げるのが一番ですが混乱するのはそれが男のひとの場合、みんなわたしのことを秘《ひそ》かに想《おも》ってるということです。えんえん否定的な発言をしておいて好きだと云われてもビックリです。ツワリなみにゲロゲロゲーです。でも、わたしという女がそうゆうタイプの男の気をひいてしまうのならどうにかしたいなあとおもうのです。

ばななさんは他人に説教なんてしそーにないのでピンとこないかもしれませんが何か思い当たることがあったら教えて下さい。

ではでは。寒くなりましたので風邪ひかないように。

(2002.11.12－みる)

(2002.11.09－よしもとばなな)


こんにちは、寒さ厳しい折お体はいかがでしょうか？

今日はなまあったかいです（関西）、会社を休みだらだらしながらの質問です。

私は夢の中で泣いていて、起きてみると実際に涙を流していた、ということはたまにあるのですが、それの笑いバージョンをこの間初めて体験しました。ばななさんは、夢の中でげらげら笑ってて、それで目が覚めたら実際にも笑ってた、という経験がおありでしょうか？

夢の内容は、「ドラえもんの実写版ドラマが作られたのだが、のび太役の子が子供なのにムキムキというか、実に「いい体」をしていた（はじめはちょっと違和感があった程度なのだが、水着のシーンではっきりと判明）。「のび太がムキムキなんておかしいやろー！」と思っていたら、そう思った人が多かったらしく、抗議の電話でも殺到したのか、それ以降のび太が登場しなくなった。しかし今週はいよいよ最終回、最終回なのにのび太が登場しないなんてありえない、さあどうするつもりなのか、のび太は出るのか？」

というもの、わくわくしてテレビの前で友達と「のび太がムキムキなんてなー！」と笑って話しながら始まるのを待っているところで、笑いながら目が覚めたという次第です。

「ドラえもん」の「さようならドラえもん」の回は（「僕がしっかりしないとドラえもんが安心して帰れない」ってジャイアンに向かっていくやつ）読むたび泣いてしまいます、あれをあのムキムキの子がやるのかと思うと……。

(2002.11.08－ゆーり)


あります、げらげら笑いながら目覚めたことって。

世の中でこういうの大切だなあ、尊いなあって思うことを、1 mmも違わない形で表現してくれるばななさんに、何度力をもらっていることか知れません。ありがとうございます。

私は世の中を平和にするのが夢です。ばななさんの作家と同じように、職業として今はっきりは言えないけれど、私も自分の役割は世界平和に貢献すること、その道の仕事をすることだという確信が昔からありました。で日々世界平和を信じて前進しています。

ばななさんは、平和とはどういう状態をいうと思いますか？

日本は平和だと思いますか？

私は、生きるに不足ない食料があり、病気の時に適切な処置を受けられ、好きなものを好きだと言え、自分らしさを求められる状態と思っています。同じ時を過ごしながら世界でこれに大きな格差があり、一方が他方の平和を抑圧している状況が悲しくてなりません。

(2002.11.07－あっきー)


日本は、今のところかなりいい線いっていると思います。このままで行ってほしいです。

私の平和観もだいたい同じです。その人が個人としての幸せをなるべく最大限に追求できる幅がある社会が理想ですね。どんな幸せの形であろうと、なるべく近いところまでは行けるというのが。幸せのかたちを他人や政府や社会に限定される社会はどんなによく見えても、平和とはいえない気がします。

私にできることは小さなことだし、小説を書くしか能がないので他のことはしない（できない）けれど、この小さな窓口から平和に貢献していける人生にしたいものです。

お互いに地に足をつけていい仕事、いい人生を全うしましょう！

最初の一文の生まれるところが知りたいです。

ばななさんの物語は大好きです。「王国」の続きが出版されるのをほくほく楽しみにしています。

(2002.11.05－kaoko)


その時々でてきとうに、です。

あまりにも構成が複雑そうだと自分でも不安になり、ノートにメモ書きしたりします。すんなりいきそうな場合は、パソコンからですね。はじめの一文はけっこう後から推敲《すいこう》して変更したりします。

(2002.11.08－よしもとばなな)

よしもとばなな様
こんにちは、ばななさんの本はひらがなが多いですが、全体の印象をかんがえてのことなんでしょうか？
私は、国語の課題で詩をつくったのですが、さいごの締めの一行をひらがなで書いたところ文集にされた時になんか感じがちがうなとおもっていたら、漢字に変換されていてがっかりしました。国語の先生だからその辺わかってくれても良さそうなのにーーー。となまいきにも思ってしまいました。
(2002.11.06－香)

それはすごく大事なところですよね。文句をいうべし！

私は単純に、漢字の熟語とか（よく小泉首相が言っているようなやつね）意味がつきすぎる表記が好きでないだけなんです。

(2002.11.09－よしもとばなな)


ばななさん、はっきり言ってとても好きです。今同じこの時に生きられることが嬉《うれ》しくてたまらん。

ものです。

ベッドは、レンタルなんですか。もしお知り合いの方のだったら、そのベッドは、これからもばななさんの長男さんも使ったんだよって、語り継がれるんだね。

この前の現実的制限を考慮にいれて実現可能な……ってお話、奈良さんも「やっても出来ないことは夢見るべからず」っておっしゃってて、ほんとにおふたりは、魂がつながってはるんやって、感じました。

私は今、その夢見がちなモードです。単なる夢見がちな人の行く末をどうぞ教えてください。

どうぞ快眠快便快食で、いいお産でありますように。

(2002.10.30－ポネット)


夢見がちなだけだと、三十五過ぎてから、とても困りますと思います。現実の中で実現可能な楽しみをいくつか確保しておかないと、頭の中だけのすばらしい、めくるめく夢の世界が、自由な活動をはばまれるわけです。それは困る！　と私などはお金の計算などしているわけです。

レンタルは公《おおやけ》の場からなので、多分、語り継がれず「ここに猫のつけた傷がありますね」とお金を払わされて返すでしょう。

(2002.11.03－よしもとばなな)


こんばんは。はじめてメールします。

ばななさんは物語を書く時、いきなり直接にパソコンに書きはじめるのでしょうか？　それともノートみたいなものに何かを書いていたりしてから、パソコンに文字を打ちはじめるのですか？

目に見える形を持つ「文字」になっていくという部分で、物語のはじまるところが知りたいです。

(2002.10.30－よしもとばなな)


はじめまして、ばななさん。初質問メールです。

すっかり寒くなってしまって、今日は夕方あまりに寒くて頭痛がしたので寝てたのですが、夢の中で、蛇が変身した女の子2人組に追っかけられるという夢をみてて、それで逃げて車に乗り込み、なぜか持っていたノートパソコンを車のシガーソケットから電力を得て、立ち上げてメールチェックしてるんです。

それでメールが来てて『お、●●くんからメールだ。』と言うところで目が覚めて、実際にメールをチェックすると本当に●●君から来ててちょっとびっくりしました。

さて質問ですが、私は高校の時から『××（私の名前）が男だったら彼氏にしたい』と言うのを言われ続けてます。もう10人以上言われてます。それって、褒め言葉でしょうか？

素直に喜べないところもあります。同性に好かれるというのは幸せだと思うんですが……。ばななさんは言われたことありますか？

言われたときにどう答えたら良いのかも困ります。

(2002.10.29－ごま)


言われてきました、ずっと昔から。それで結果的にわかったことは、それはあまりすばらしいことには結びつかないということでした。それで微妙にシフトを変えてみたら、言われなくなってきました。そのほうが、いい気がする。だって女なんだし！　そう言われていちばんまずいのは期待にこたえようとしてしまうことではないだろうか。

(2002.10.30－よしもとばなな)


こんにちは、時々ひな菊の表紙を撫《な》でたくなる日曜日生まれのマのように吹っ切れる日が来ることを願っています。

さて質問ですが、自分の信念を貫き通すことはどこまで許されるものなのでしょうか。たとえばそうすることで、誰かを傷つけたり大事な人と離れ離れにならなければいけないとしたら、その信念を曲げたり、妥協したりすることも必要と思われますか？

(2002.10.27－キンカンポン)


信念を曲げることで自分の中で矛盾が生じるとしたら、それは自分がまだかたくななのではないでしょうか。そういう私もそういうことは多々ありますが、すぐ忘れます。

現実的制限（時間、お金、体力、知力、免許があるかどうか、どの国のパスポートを持っているか、どういう家庭環境か、どういう教育を受けてきたか、などなど）を必ず考慮に入れて実現可能なことだけを実現していくという姿勢がとても大切だと思います。でないと単なる夢見がちな人になってしまうので。

(2002.10.29－よしもとばなな)


初めまして。ずっと昔からばななさんの本を愛読しています。

でも、最近は、ホントにやばいっ!!　ですね!!

「ひな菊」「体」「虹《にじ》」と読んで凄《すご》い!!　と感激しました。「虹」なんて読む度に、涙がでます。言葉がじんみりしみこむのです。

要所、要所の言葉も手帳にメモする勢いです！

もし、ばななさんが電車で（乗るのかなぁ）ばななさんの本を読んで涙してる子がいたら声かけてくれますか??（笑）

(2002.10.28－シホコクソン)


いつでも声をかけたさそうにしながらまわりをうろうろしてみるのですが、気づいてもらえたことはあまりないですね〜。

ちょっと待ちTimeにここにお邪魔しているのが、秘《ひそ》かな楽しみだったりします。

前置きはこれくらいで……質問です。実は、私、めちゃめちゃ文庫本派なのですが、その理由のひとつが、「後書き」の存在です。ばななさんは「後書き」ってどう思われますか？

それと、「後書き」が存在しているご本を読まれる場合、やっぱり、読後に読まれますか？　実は私、最初に読んじゃうんですが、それって作者の方に、失礼なのでしょうか？

ひょっとして、失礼なんじゃないかと、前々から気になっているのです。ばななさんはどうお考えでしょうか？

よろしくお願いします。

(2002.10.25－pukuku)


失礼と思ったことはないですね〜。推理小説で解説を読まないっていうのはあるけど、後書きは別にいいのではないでしょうか。

私の場合、内容があまりにも後をひきすぎるかもと判断した場合と、その本を出すときにむちゃくちゃ世話になった人がいる場合、そして文庫版には必ずつけます。

ちょうどよく現実に戻る感じがして、誰のものでも、後書きというもの自体はけっこう好きです。

(2002.10.28－よしもとばなな)


ばななサマ。何度目かのメールです。ずいぶん寒くなってきましたが、いかがお過ごしですか。

10月16日の日記を読んでとても救われる思いがいたしました。同じようなことを感じつつ日々を生きていたからです。私はまだ自分の生きれなかった人生に心残り（いつかどこかへ行く）を残したままで吹っ切れてはいないのですが、いつかばななサてもらいたいというエゴ抜きで自分が表現すべきことを表現しているあの人たちに尊敬もおぼえます。あの映画が好きということでばななさんの「品がいい」ということに関する考え方がちょっと分かるような気がしました。

わかったような口をききすぎたかなあ、とちょっと不安ですが、私のまわりには「ゾンビ」が好きという人がいないので、おんなじように好きな人にきいてほしいなあと思ってしまいました。

うまく書けなくて分析っぽい物言いになってしまっているのですが、本当に面白いし観るたびに感動してしまうのです。では。

(2002.10.22－jin)


もちろんダリオ監督のバージョンです。主人公の心理描写に力が入っていました。でも、はじめに観たのはオリジナル版で、なんと中学校一年の時でした。黒人差別にまつわること、アメリカのショッピングセンター文化のはかなさ、身内とか愛とかに関するシビアな描写など、今でも人生のおりにふれてあの映画がよみがえります。ラストも好きです。自殺を選ばないところが。意味のある残酷描写は残酷ではない、と私は思っています。

で「デモンズ」は、日本ではいろんなものが勝手に「デモンズ」というタイトルで出回っていますが、本当は１と２しかないはず。私は日本でいうところの「デモンズ３」が好きでした。１と２は両方かなり難があったと思います。２こそが胎教に悪そうだなあ。妊婦出てくるし。

(2002.10.24－よしもとばなな)


ばななさん、こんばんは。

といっても、朝の4：00AMです。まだ会社でお仕事中です。

が～～ん。でも自宅にパソコン持っていないので、今みたいなどんなきびしい状況でも、なるべくこの「ははは」を忘れないようにしています。

北朝鮮の問題は、全く違う価値観がぶつかりあっているので、いろいろ考えさせられます。接点がどこにあるのか、まだまだ時間がかかることだと思います。

考えが受け入れられず、距離も置けない時……それはこれからの人生でこのがんこで狭量《きょうりょう》な私もきっと考えていく問題でしょう。でも接点が一点でもあれば、なんとかなる部分はあると思います。

(2002.10.05－よしもとばなな)


ばななさん、おひさしぶりです。すくすくお子さんが育つことを陰ながら願っています。

質問は、「ゾンビ」はディレクターズ・カット版とダリオ・アルジェント監修版とオリジナル版、どれがお好きですか？　と、「デモンズ」シリーズではどれがお好きですか？　というものです。

私は一昨日ディレクターズ・カット版の「ゾンビ」を観《み》ました。ばななさんの日記を読んでいたので、「ああ、この人は１番つわりがきつくて安定期にも入ってない時期にこんなことになってしまって！」とちょっと泣きそうでした。私はばななさんが薦めていなかったらきっとこの映画は観ていなかったと思いますが、大好きになって何回も観ました。本当にありがとうございます。

あの映画は、欲望の醜さや、生きることは本当は常に知恵を働かせ続けなければいけない厳しいものだったことや、人間性を失って取り戻すことなど、全部のとらえかたがものすごく純粋な感じがします。きっとあれをみて残酷な描写がえげつないとかいう人もたくさんいるんだろうなあと思うと、誰かに分かっのだと思う。

その人が何を書こうとしたのか、を中心にどうしても読んでしまいますので、それが感じられれば、訳本かどうかは、私の場合あまり関係ないかもしれません。

(2002.10.01 - よしもとばなな)


こんにちは。台風が去って今日は暑いですね。

この前、北朝鮮に行ってきました。マスコミからの情報や本などからの知識は得ていましたが、見せてもらえるものを見てきました。

日本語を話せる学生と意見を交わしていて私が思ったのは、誰もが幸せになりたいんだなあということです。まず衣食住がしっかりすること、そして教育や経済的な発展、また趣味や恋愛など。それらのものを手にしていくために努力をしているけど、そのやり方はいろいろあって、所属している国家の体制などによって変わってきます（資本主義や社会主義など)。でも、結局目指しているものは似たようなものだという気がしました。

まるで宗教を崇拝するように、ゆるぎない確固たる信念を持っていて、しかもその考えを自分がうまく理解できない相手と話すのは、怖いけれど意味のある経験でした。

ばななさんは、こういう相手と話していて、その考えを受け入れることは難しいなと思うとき、どのように接しますか？

どちらの考えが正しいとはっきり断言できないようなとき、それぞれの考えをお互いに持ち続けながら、いい関係を築いていくことは可能だと思いますか？

質問が抽象的ですみません。

(2002.10.02 - へー)


「この人はそうなんだ〜、ははは」です。

高畑さんはまじで好きです。結婚したいくらいです。で、速水《はやみ》さんは、全然、ひとかけらも好きでないです。どうぞ考えを止《と》めて高畑さんのことだけ考えてください。

(2002.09.30－よしもとばなな)


はじめまして、ばなな先生。

早速質問です。

ばなな先生はたくさん本を読んでいらして好きな作家はバロウズやカスタネダという海外の方が多いですが、訳書をお読みなのですか。

僕も時々洋書の訳書を読むのですが、訳がしっくりこないものや日本人作家があまり使わないような言い回しであったりして、苦手なものが多いです。ばななさんは作家の視点から、洋書で、本の世界観は好きだけど、訳がいまいち……と感じることはありますか。例えばバロウズであったら、どんな感じなんでしょう。海外の作家の評価は、どんな感じでなされているのか、とても興味があります。

それでは。

ばなな先生の作品、全部本が割れるまで読んでいます。ばなな先生の本だけ、重々にカバーをかけたりして、やはり収集するならハードカバーですね。本収集家なもので。

(2002.09.30－エリイ)


ありがとうございます、読んでいただいて！

訳はとても大切だと思います。いちばんそれを感じるのがブコウスキーでした。ものによっては読めなかったくらいです。でも、本人にさほどムラがなければ、普通に訳されているかぎり、なんとか、伝わらなくはないものだと思います。ブコウスキーは本人の文にもムラがあるようなので、訳にすごく左右される

最近友人にばななさんの著書を借りて読み漁《あさ》っています。このHP読者にとっては今更と思われるかもしれませんが、どれもこれも大好きです。特に「とかげ」と「ハネムーン」かなあ。まだまだ全部読んでいませんが、頑張って読破しますね。

ところで、質問です。

ばななさんの本を読んで思ったのですが、ばななさんの句点の置き方が私的にはとても好きなのです。ここに「、」があるから産まれる「間」の感じが非常に素晴らしくて、文脈の余韻にしばしば浸ってしまうのですが、ばななさんは書きながら句点を打っているのですか？　それとも、読み直しの段階なのですか？　そして自然に出てくるものなのですか？

ぜひぜひ教えてください。

(2002.09.30－mikky)


ううん、通《つう》好みですね～。

句点は、書きながら考えますが、直すときにわざと不自然なところに変えたり、いろいろ工夫します。

(2002.09.30－よしもとばなな)


ばななさんこんばんは！

最近めっきり涼しくなって空気がすんで、毎日ばななさんの小説を読んだ後の気持ちを味わえてラッキーです。

では質問です！

ばななさんは、エスパー魔美《まみ》の高畑さんと、ガラスの仮面の速水《はやみ》さんのどちらが好みですか？

深い意味はないんですけれど、考えたらとまらないのです……。

どうでしょうか！

(2002.09.29－みちーた)

ミリーに心を開く事が出来ませんでした。心配したホストが日本のものが売られているマーケットに連れて行ってくれた時に購入したのが、「白河夜船」の文庫本でした。逆輸入です。日本の定価の倍くらいしたけれど、アメリカのでっかいソファに埋もれ夢中で読んだ時間と、本について説明する事でホストと話すきっかけをつかめた事は、本当に私にとっての救いでした。感謝です。

そして、とにもかくにも質問させてください。

ばななさんの作品では、身近な人の死を経験しながらも、新しく誰かに出会ったり、自分で何かを見つけたりして、生きる事を続けていく人物が多く登場するように思いますが、「生きる事を続ける人」と「生きる事をやめてしまう人」の間に、何か違いがあるとしたら、それは一体何だと思われますか？

また、違いがある場合、その違いは人間の努力でどうにか出来ると思われますか？

長くなってしまいしたが、お答え頂けるとかなり嬉《うれ》しいです。

たまのような赤ちゃんが出て来られるのを祈っております。

(2002.09.27－淳美)


極端に言うと、その違いは「何もかも流れていって、変わっていくんだ」と思うことと、「今のつらさがずっと続く」と先々を考えてしまい、実際自分でもそのようにしてエネルギーを消費してしまうのの違いだと思います。それに様々な要因がからみあうというか。そして、努力でどうにかできると確信しています。つらくてもがんばるという努力ではなくて、己をきちんと見つめる努力です。

(2002.09.30－よしもとばなな)


ばななさんこんにちは。

しかし……「N・P」読んでたらもうどれでもいいっていう気もしますよね！

とにかく若いのに読んでくれてありがとう。

(2002.09.16－よしもとばなな)


ばななさん、こんばんわ。

以前日記で、「わたしの人生はいつだって地獄だった」というようなことを書かれていて、わたしは他人事《ひとごと》なのにパンチをくらったような衝撃を受けたのですが、その後も日記を読み続けていて「地獄」を感じさせる部分がほとんど出てきません。むしろ、非常に楽しそうな生活だと思えます。本当にあなたの人生は地獄なのですか？

それとも作家だからそういった部分は作品にしか出さないように意識されているのでしょうか。

(2002.09.20－ビッグアップル)


自分の地獄を公《おおやけ》に書いて見せるほど、つつしみなくはありませんです。自分の読みたくないものは、人にも読ませない。それがプロというもの！

(2002.09.21－よしもとばなな)


ばななさん、初めまして。公共の場に、メールを送るなんて生まれて初めてで緊張しています。

私は、小学生の頃にばななさんの作品に出会い、以来、十数年間、勝手にばななさんの作品達と愛を育《はぐく》んできました（途中数年間、読書のブランクがありましたけど)。特に、一番濃密に思い出を共有しているのは「白河夜船」です。

15歳の時、初めて海外で一人でホームステイさせてもらったのですが、日本人に対しても人見知りの激しい私は、ホストファをしている。女の子達の前をルパンが走り去る。銭形刑事、女の子達に協力を請《こ》う。「や、私は銭形刑事です。ただいまルパンを追跡中なのですが、奴《やつ》を捕まえるのにご協力いただけますか？」

ちなみにナンパは失敗だったそうです。

(2002.08.22— lehfeldt)


そ、それは、もはや「ナンパ」よりも「クリエイティブ」に重きがかかりすぎていませんか？

私は、初恋の人（ものすご〜く好きだった）が大学生になったらパーマをかけていたのにすごおおおくショックを受けました。髪の毛の感じがすごく好きだったのです。でも、そんな小さなこと、あなたの話を聞いたら吹き飛びました。

(2002.09.14－よしもとばなな)


私は小学6年生です。友達がよしもとばななさんの本を読んでいてそこからファンになりました。

今は昔の「N・P」を呼んでいます。なんとなく読み始めたあのときからピピっとくるものがあって今度は何を読もうかととても悩んでいます。なので教えてもらいたいことがあります。小学生でも内容がわかる、読みたくなる本を教えてほしいと思いました。

「王国」も読もうと思うんですが、小学生がよんでいい本なのでしょうか、教えてほしいと思いました。

よろしくお願いします。

(2002.09.15—優衣♪)


微妙な問題だが、小学生も何を読んでもいいと思うよ。でも、今のところ「TUGUMI」にしておくといいと思うよ。

ば教えて下さい。

「王国」に続きがあると思うと毎日が楽しく過ごせてしまいそうです。なんか、あたたかいものが未来に待っている感じ。ばななさんも近い未来に、あたたかいものがやってくるんですものね。お互い幸せになりましょうね。

(2002.08.30－galopine)


連れ帰って、しかも様々な営業までしていただき、ありがとうございます！　ぜひ、そういう人になってほしいです、お子さんには！

いやだったことは「学校を休まない」ということです。よかったことは、女性のあるべき姿を押しつけられなかったことです。子供には「結局は親に愛されている」といつでも思ってほしいです。で、早く自立してほしいです。

(2002.09.12－よしもとばなな)


よしもとばななさん、はじめまして。いつも日記と質問のコーナーを楽しく拝見させて頂いています。

御本もほとんど読みました。この前友人と姉がほぼ同時に「虹《にじ》」を送ってくれて（私は米国に住んでいるので、いつも「本送ってくれー」とせがんでいるのです）どちらもきちんと読みました。わかりやすく、しかも強いメッセージを感じました。人生まじめにシンプルにいきたいものです！

質問は「以前好きだった人の変貌《へんぼう》振りに驚いたことはありますか？」です。

私は中学校のクラス会で当時好きだった人（おとなしくかっこいい）がとってもクリエイティブなナンパマンになっていたことにショックを受けました。

ナンパ例：彼と友人がルパンと銭形刑事に扮《ふん》し、追いかけっこ

を自分が質問しながら聞いていって、話にするという感じです。

だから責任がなくて楽だけれど、ろくでもない人がやってくるとろくでもない内容になるので、そこは気をつけてます。

降りてくる、というとちょっと感じが違うんですが、ある話をくり返し聞かさせられる感じですね。

(2002.08.29－よしもとばなな)


「王国」やっと読み終えました。

このあいだ子供の用事で本屋に出かけ、ふと呼ばれた気になって振り向いたら、そこにちょこんと「王国」が存在していました。勿論《もちろん》、連れて帰りましたとも。

その夜、読み始めたのですが、12ページくらいまできたところで、意識もしていないのに頬が濡《ぬ》れていて、あ、これはヤバイ、週末まで読むのは延期だ（目が腫《は》れていると、うちの従業員に色々と誤解を招きかねない、自営業）と本を閉じたのですが、どうしてもどうしても続きが読みたくて、昨夜ついに我慢できなくて読了してしまいました。読んでいる途中いろんなところで、心の中で傍線をひいてしまっていました。どれもこれも素敵な言葉ばかりで、心の宝物箱にしまっておきたいと思います。それを人に見せてあげられないのがすごく残念な気持ち。でも、「すっごくいいの」と興奮して友達に電話しまくりましたけどね。それだけではあきたらず、次の日、娘（小6）に思わず「ばなちゃん（とうちではよんでます、ごめんなさい）の本に心ふるわせるような人になって欲しいな」と言ってしまいました。こういうのって、おしつけかなぁ。子供にとっては迷惑かしら。

そこで質問です。ばななさんは、親から強いられていやだったこととか、良かったこととかありますか？

また、生まれてくる子供にのぞむことはありますか？　よけれ全くその通りで、すごく変わってると思います。私はヨーロッパのむっちりとしたおばさんとかすごくセクシーだと思い、若いのとかやせているのにさほど魅力を感じないので、いつでも外国の映画を観《み》て「すてきだなあ」と思います。あと、アメリカでもそうですが、夜になって出かけるときちょっと昼と違う服に着替えたりするのも大好きです。でも、日本だと若くて棒みたいなほうがいいみたいだし、夜も昼と同じだとかわいいって感じで、どうも私には、価値観が合わないみたいだなあと思います。

(2002.08.28－よしもとばなな)


ばななさんこんにちわ。

今日のQ&Aの日本では若い女性がうけるという質問へのお答え、救われましたー。私は背が高く胸が大きいのですが、それがずっとコンプレックスでした。やはり小さく細くかわいい人がいいという空気を感じ取っていたんだなあ……。今日からは胸を張って歩きますよー！　ほんとうにうれしいお答えでした。

さて、質問です。

ばななさんはよく登場人物の方を全然ご自身とは関係無いとおっしゃっていますね。なんだか私のようなしろうとには驚くような話です。友人の小説とか読んでも、大半の人は自分のことを書きたがっているように感じるのです。巫女《みこ》的に降りてくるものなんですか？

それがばななさんの人生と混ざりあってあんな素敵なお話になるのでしょうか。あーふしぎです。

(2002.08.28－とも子)


多少はなにかかぶってないと（動物好きとか）、やっぱりむつかしいですが、その、なにか性格の一部がかぶっている人の話

(2002.08.27－よしもとばなな)


ばななさん、こんにちは。毎日楽しみに見ています。

よく、創作活動をする人のまわりには、その作品のシャドウが出てしまうという話がありますよね。だからドラッグにはしったり、とんでもない悲劇が起きたり、悪魔のような配偶者がいたり。モーツアルトなんて、完全に作品の犠牲になった人のような気がしますが、ばななさんはそういったことを感じたことはありますか？

コンスタントに、もう長いこと作品を作っているばななさんですから、その対処法などもご存じなのでしょうか？

(2002.08.26－シルバーストリングス)


もちろんありますよ、生きていること自体がそれです。なので、まっこうから受け止めつつ共生しています。

(2002.08.27－よしもとばなな)


よしもとさん、こんばんは。この間は「王国」と「本日の、吉本ばなな。」を買いました！

さて質問です。

外国の映画などを見てると、向こうの女性は「大人のセクシーさ」で勝負していると思うのですが、日本ではそういうのはあまり受け入れられず、「子供っぽいかわいらしさ」みたいなものが好まれるようです。この現象をどう思われますか？

また外国と比べて大人社会でないというか、「若い子が一番すばらしい！」というような雰囲気が全体的にあるような気がするのですが、この点についてのご意見はいかがでしょうか？

(2002.08.27－マッピー)

捨てていくのかもなぁと思います。

私は都会の生活から一年前ドロップアウトし、東京から2時間離れた田舎で図書館に勤めています。そこでは人間らしい暮らしがまだ残っていて、ひとつひとつの出来事に癒《いや》されます。

元気な子供たちが恥ずかしがりながら話し掛けてくること。図書館で出会った老人同士が徐々に仲良くなっていくこと。ホームレスのひとも自然に溶け込んでいること。雨が降り出したら必ず利用者の誰かが教えてくれること。期限が切れたことを申し訳ないといって野菜をくれるおじさん。あんたは俺の孫と同じようなものだ！　と言ってくれるおじいさん。

みんな、社会に対する愛情が深くて、昔の日本はこんな感じだったのかなと思います。しがらみが強くて嫌なこともあるけど、いろんな人の小さな愛情がいまは私を救ってくれてます。東京では忙しすぎて余裕が無くて、自分を守ることで精一杯だったんだなぁ。

よしもとさんは海外ではなくて田舎に引っ込むということは考えておられないのでしょうか？　海外でどこに住むか考え中とおっしゃられてましたが……。

(2002.08.26－ユリココ)


今のところ、しばらくは東京にいようと考えています。江戸っ子だから！　あと、住むという形で縁のある土地が国内ではまだ見つかってないです。沖縄はいつか住もうかとは考えていますが。

日本全体が、多分不況のせいで、ほんとうに変なことになっているなあ、というのは感じます。郊外でもゆがみはどんどん目立ってきている気がします。でもここで暗く考えてもしかたないので、いいところを見つけていくようにはしたいですが、おかしいなと思うことは素直に言い続けていこうとも思います。

は嫌で嫌でしかたありません。体育祭なんてもうさぼるつもりです。あはは。ばななさんは文化祭などとどう折り合いをつけていましたか？　しりたいので教えてください！

(2002.08.25－くみこ)


「そんなにいやなはずがないだろう、楽しいだろう」なんて思って何とか参加していました。私は本当にいやなことを無理にすると、いつでも40度近い熱を出すのですが、そしてそれは睡眠をとっていようといまいと疲れていようといまいと出すのですが、高校の時からずっと祭り関係ではくまなく出ましたので、間違いありません。友達にはいろいろ誤解されてつらい目にもあいました（さぼりたいから熱を出すんだろう、あるいは仮病だろうと）が、今ならはっきりと言えます、私はあのタイプの行事が大嫌いで、いいことがいくらあってもお断りだと。

その証拠に、働いていた大好きな喫茶店のオープニングの時、毎日十時間くらい、文化祭と同じような仕事を、しかもあせりながらして働きましたが、全然熱が出ませんでした。

まあ、大人になるまで「いやだいやだ」と思って適当にしのぐしかないですね。「そういう人はこの世にいるんだ」と私のことでも思って！

(2002.08.26－よしもとばなな)

はろにちわー。おでかけですかレレレのレー
昨日ＢＳで本の紹介の番組を見るともなしに見ていたら、いきなりよしもとさんのインタビューになりびっくりしました。動くよしもとばなな！　しっとりとした大人の女性でした。
東京はおかしい、と最近よく発言されている気がします。村上龍《りゅう》さんも、「若者はもうすでに日本に見切りをつけ、海外に流出している」と書いていて、賢い若い人たちは日本をどんどん

が、最近３年がかりくらいでドストエフスキーのカラマーゾフの兄弟を読み終え感動。第一巻の第２章までで２年と12ヶ月２週間を要したのですが、そこをぐっと頑張って超えたらあとはあっという間でした。100年前も今も人間が考えてることってあんまり変わってないんですね。

ばななさんも自宅で発酵させてみたら結構面白かった本てありますか？

(2002.08.15－ゆめ)


すご～くあたりまえのことのような気がするけど「老人と海」は、子供の頃「なんだったんだろう？」と思ったのに、大人になってからすばらしいと思いました。子供に名作を読ませるのって、むだかもしれない。そして「失われた時を求めて」も、もちろん全巻そろえてあるのですが、一巻以上に、何度トライしてもすすめぬ。いつか読んでみせる、と思っています。発酵中。

(2002.08.17－よしもとばなな)


「王国」、おもしろかったあ。その２がとっても楽しみ！

とかいってるうちに夏休みがおわってしまいます！　ショック！

しかも、夏休みがおわると私のだいっきらいな文化祭と体育祭が！　私はどうもそれが性に会わないらしく文化祭が近づくとかなり苦痛です。自分なりのスタンスでやっていけばいいとわかっているものの、やっぱり落ち込んだきもちにはなってしまいます。

去年私はいやだいやだといいながらもダンスやっちゃいましたよ。しかも賞がもらえて感動の涙まで流してしまいました。そんなふうに、やればやったでいいこともあるのですが、やる前よくヘアメイクの人が「される側の人があせっているとメイクののりが悪くなる」というのを聞くと、これもそういうことか、と思います。

(2002.08.15－よしもとばなな)


ばななさんこんばんは。札幌は雨降りで気温も低く、どこが夏なんじゃい!!　です。

質問です。

ばななさんは、架空のキャラクターにメロメロになったことはありますか？

私は、アニメとかは特にないのですが、手塚先生の「ブラック・ジャック」を読むたびに、ブラック・ジャックに惚《ほ》れ込んでしまいます。困ったものです。ハードボイルドな彼のそばにいられる、ピノコがうらやましいです。でも、あの二人は、生きていくことに真剣だという共通点がありますね……。

それでは、おだいじにお過ごしください!!

アッチョンブリケ!!

(2002.08.13－ひろこ)


あります。それはひばりくんです。どうにかなりそうなくらいに好きでした。その頃から、すでに倒錯していますね、私。

そうか、あの二人の共通点は生きていくことに真剣だというところだったのか！　と妙に納得しました。

(2002.08.16－よしもとばなな)


ばななさん、それからおなかのあかちゃんご機嫌いかがですか？

私は明日の夕方の便でバリに行ってきます。バリの神様たちにもばななさんが妊娠されたこと報告してきます。ところでです

(2002.08.14－ふみ)


環境ですね。

じっさいにそういうものに囲まれているといいやすいようです。

あとは二分に一回、そういうことを言う姉を持つことですね。

(2002.08.15－よしもとばなな)


ばななさんこんばんは。心から暑中お見舞い申し上げます。

結婚してから初めての帰省で静岡に帰って来ました☆　久々に読ませていただいて、そしてびっくりしました、ばななさん御懐妊おめでとうございます～!!　この暑い夏をどうぞ無事乗り切れますようにと祈ってます。母となるばななさん……最強だという気がする……。

質問ですが、先日新婚旅行で宮古島に行った時のことです。港で漁師のおじさんが真っ青な魚を大量に上げていて、それがあんまり見事な空色だったので、写真を撮って良いかと尋ねると、おじさんが「いいけど、魚を怒らせないようにね」とまじめな顔で答えるのでびっくりしました。島の人達の言葉の端々に神話が匂《にお》うというか、台風の進路や最近出来たスーパーの話と同じように、海の神や妖精《ようせい》が日常会話に普通に出てきて、その普通さに感動したのですが、ばななさんは旅をして、そういう経験をした場所はありますか？

それではおからだをお大事に……☆

(2002.08.13－なつめ)


あの魚のさしみ、びびりますよね～。私はそれが本来の人類だと思うので、そういうのとてもほっとします。沖縄とか、台湾とかで普通にある感覚ですよね。ハワイでもそうですね。島には残りやすいのだろうか。

新しく出たキッチンの表紙も可愛《かわい》いですよね～。英語版も含めてキッチンを３冊も所有していることが親にばれ、感心されちゃいました～うぅ。

今日は大きな書店に友達と行ったので、新しい表紙を拝ませてあげようと探し回ったら、「や」行のために隅の方にあるんですよね～!!　せっかく美しくなったキッチンなのにと思ってちょっと前の方にだしておきました（笑）。

ばななさんは自分の本を本屋で見て、ちょっと「前に出しちゃおう」ってときないですか？？

(2002.07.25－くみ)


もちろんします。いつも江國《えくに》先生とか五木先生の本の上に、むりやり自分の本を平積みにして、ふふふ、と去っていきます。きっと書店の人は「困ったものだ、よしもとさんは」と思って黙って見ていてくれるのでしょう……。

今度の表紙シリーズはおねうちありまっせ！　金箔《きんぱく》部分は手書きでっせ！

(2002.08.13－よしもとばなな)


ばななさん、暑いですね。友人の妊婦も「いつもの夏より倍暑い～」と言ってがんばってます。

さて、質問です。

ばななさんが、日記やこの質問コーナーなどで普通に「下痢が」「うんこが」「げろげろと」などと言われるのが羨《うらや》ましいです。私は、そういうことをどうも（親しい友人にも）言えないんです。実はこうして書くのすら勇気が要ります。どうしてそんなに軽やかに言ってのけられるのですか。気持ちの持ちようやコツなどあったら教えてください。

ああ、なんて変な質問！

周ちゃん、天才だよね……！

しかもあのお人柄。すばらしい。

私は、なぜかトスカーナ地方の山の上で、はじめて会ったチベット人の青年を見ているだけで、涙が止まらなくなったことがあります。相手もそう思ったと思うけど、きっと前世だなと思った。

(2002.08.01－よしもとばなな)


こんにちわ。妊婦生活は大変そうですね。

質問で、名曲「だるい人」の事がのっていたのでつい質問メールを書いてしまいます。ムーンライダースが好きなのですか？

あの曲の素晴らしさをひとに説明するときはどんなふうに言いますか？

なんとかこの曲の素晴らしさを知らない人に伝えたいのですが、コミックソングとしか思われなくていつも悔しい思いをしてきました。よろしくお願いします。

(2002.08.01－charlie)


青春を、彼ら、特に鈴木慶一さんと共に歩んできました。今でも、よくいろいろな曲を口ずさんだり、カラオケでも歌いますね。「ダイナマイトとクールガイ」とか「くれない埠頭《ふとう》」とか「いとこ同士」とか「九月の海はクラゲの海」とかその他、一般受けする名曲の数々を編集して聴かせてあげればいいのではないでしょうか。そして「一回ではわからない、だまされたと思って十回聴いて」と言う。

(2002.08.02－よしもとばなな)


はじめまして～。

されましたか？

(2002.07.31－chris)


私なら、心で拍手を送り、ほほえみますけどねえ。

いちばん恥ずかしかったのは「だるい人」の金がほしい、自由がほしい、なにもした〜く〜ない、というところを大声で踊り歌いながら階段をおりていったら、親しい電機屋さんがびっくりして立っていた時でした。

(2002.07.31－よしもとばなな)


こんにちは。

私も波照間島《はてるまじま》で周さんにお会いした事があります。

周さんのさとうきび畑に囲まれて、夕焼けから満天の星空に変わりゆく空の下でバーベキューを頂きました。

その贅沢《ぜいたく》極まりない宴《うたげ》の終わりに、夫と私と呼ばれて「結婚してどの位の二人かわからないけれど……、松の葉は枯れ落ちても二枚が対になっている、ずっとそんな二人でいてください。この歌はもう何年も歌っていないから、声が出るかわからないけれど……」とおっしゃられて『月のマピローマ』を歌ってくださいました。そして、歌いながら涙を流されていました。

初めてお会いした方でも、その方の魂に触れたような感じがして、涙が勝手に溢《あふ》れてくることってあります。

周さんが、その時に何を思われていたのかはわかりませんが、その周さんの心のひだに触れた気がして、天の川の下で私も涙をこぼしながら聞き入っていました。

ばななさん、初対面の人と会っただけで泣けてしまうことってありますか？

私のそんな体験は、周さんが三人目でした。

(2002.07.31－jasmine)

感じます。
今日のディスカッションのテーマはTransgender（性器転換手術までは行わないが、異性の社会的・性的役割を実践している、またはしたいと思っている人たち）でした。なぜ、ばななさんは、「えりこ」と「ひいらぎ」という登場人物を作り上げたのですか？　「ひいらぎ」はTransgenderではないと思いますが、なぜセーラー服を着せようと思ったのですか？
ぜひ教えてください。　21人の生徒と先生より
(2002.07.25－かおり＆えみこ)

ひとつには、日本社会への反発です。私自身が、自分の性なり、社会の中での役割なりに決してとけこむことがないまま今に至っていますしtransgenderの友人、知人がたくさんいます。

社会にまっとうに参加しない人達の生き方に、絶望の中にいる主人公は共感するわけです。

柊《ひいらぎ》は、自分の宿命に対するある種の反発、今、自分がおかれている苦痛をやわらげることへの渇望《かつぼう》から、ああいうふうになったのだと思います。

(2002.07.26－よしもとばなな)


先日ダーとほどほどの満員バスに乗ったのですが（座っている人全員から私達が見える程度の）前の方に2人で立っているとダーが急に「好き？」と聞いてくるのです。ええ？　こんなとこで??　と思いつつ、笑顔でにっこり「好きよ」と答えたのですが、ダーは顔をこわばらせつつ「次？　って聞いたんだけど……」。乗客に向かって顔を向ける形で立っていた私。あの瞬間一度死にました。きっと乗客の何人も「ざまあみろ」と思ったはず。

ばななさん、最近そんな、体中の毛穴が一気に開く瞬間を体験

減らしたり、飼う側の人もイギリスみたいに審査して、本当に大事にしてくれる人にパートナーになってほしいのです。

この話を人にしたら、それをすると動物を飼うことすら自由を奪うことになるよ。といわれました。確かに大きな意味で見ればそうかもしれませんが、動物と人間が楽しく過ごしたりするってそんな極端なことでしょうか？

動物が大好きなばななさんは、どうおもわれますか？

長くてすいません。

(2002.07.17－シマ)


わかりますよ！　お気持ち！

たとえば犬は人間といるのが好きですし、自由を奪ってもお互いに交流ができれば実りはあると思います。

私たちは森に住んでいるわけではないし、犬や猫もそうです。

なので、私は野生動物の飼育には（たぬきとかカラカルとかペンギンとかワニとかを個人が飼うこと）基本的に反対ですが、個人のできることとして、せめて日本人の意識を向上させるお仕事ができれば、それは立派に動物のためになると思います。

そういう極論（いずれにしても自由を奪うんだから、っていうやつ）で、今、自分のおかれている環境を変えようとしない態度は、いちばんずるいと思います。

(2002.07.18－よしもとばなな)


ばななさんこんにちは。私達は今、アメリカに居ます。今年の秋からアメリカの大学院に入るための準備として語学学校に通ってます。そこのリーダーの授業での教材が「Kitchen」です。アメリカ人の先生がばななさんの大ファンで毎年教材に使用しているそうです。私たちも大ファンで、日本語で読んだ本が教材になっていると、不思議な感覚です。違った感覚で、新鮮につも男だったようです。妻帯したこともあるらしいです。っていうことは本当に昔っていうことですね。

私は小説の神に今回はほとんど全てを捧げていますが、それは24時間の時間を捧げるということではないというふうに理解しています。私が体験すればするほど、考えを深くすればするほど、小説はよくなると思うので、子供のことはその一環としてとらえています。

子育てか〜、めんどうくさいな〜とはもちろん今現在も思っていますが、これを機に、まわりにうざうざとくっついているめんどうなものをすっかり切り捨てて生きるチャンスともとらえています。

(2002.07.06－よしもとばなな)


ばなな先生妊娠おめでとうございます!!!

出産って大変そう。恐《こわ》そう。私も赤ちゃん欲しいです。

ジョージ・マイケルの子供が欲しい。私の野望はジョージ・マイケル本人をダーリンにすることです。この夢がかなうと思いますか?

(2002.07.12－Riverfield)


あの人、女も好きだっけ?

(2002.07.13－よしもとばなな)


ばななさん赤ちゃんおめでとうございます。

突然ですが、私は小さい時から動物が大好きで、ペットショップで仕事にも就きました。しかし、仕事の実情なのか、皆動物が大好きな人ばかりではなく業者さん、お客さんでも、物のように扱う人があまりに多く、今はやめ、保護などの活動をしたいと思っています。私の理想は劣悪環境にいる動物を少しでも

ご懐妊おめでとうございます!!!

まったくの人ごとながらもドキドキワクワクです。日記での経過報告、楽しみにしてます。

質問です。「体は全部知っている」の「西日」の主人公のように、本能が喜ぶ感じを味わいましたか?

(2002.07.05－みやみゃー)


いいえ、ゲロ感で気づきました……。

(2002.07.05－よしもとばなな)


こんにちは。

おめでとうございます。ばななさんのことですから、きっとものすごい魂が宿っていらっしゃることだろうと察します。

ばななさんは前世が聖職者であったということを自らおっしゃってますよね。僕の勝手な意見ですが、前世なんかで神に仕える身であったような人は、子を持つということにすこし違和感を覚えるのではないだろうか、と考えていました。もちろんそれは「全《すべ》て」を神に捧《ささ》げるからです。子を持つことは、神に仕えるものにとっては不自然なことだと考えられます。

その意味において、妊娠ということに対し、ばななさんの実直なお気持ちはどのようなものでしょうか。

(2002.07.05－たか)


いい質問するなあ！　たかっぺ。

私がよく言われるのはむか～しのチベットの僧侶《そうりよ》だそうで、い

Q & A

あとがき

妊娠中は何かと感情が大きく動きやすく、まわりの感情も大きく動きました。ただでさえ生きにくい私はそれまでの人生の総決算をせまられたような感じで、何かと大変でした。その大変さはほとんどこの日記には書いていないけれど、今となっては「こんなかわいいものが出てくると早く言ってよ！　神様！　だったらもっとがんばれたのに！」という感じです。でも、この期間いろいろ考えさせられたおかげで、のちのちすごくいろいろと楽になりました。

ラストスパートで子の体重が増え、私はやせていき、それなのにのんびりやさんの子はちっとも下がってきやしないなあ、というあたりでこの日記は終わっていますが、なんだかなあ。今思うと、もうちょっとストレスの少ない妊娠生活をしたほうがよかったのでは？　と思うけれど、何事もはずれているこの人生、しかたなかったかも。なによりも子が健康に産まれてくれたので、もう何も言うことはないです。

でも、ストレスを減らすことについては、必死で考え中。そして、この期間は体も動かないのになんだか一生懸命フラダンスに通っていますが、それがとてもよかったです。あんな大勢の人に妊娠を知られて、楽しくいっしょに踊ってもらって、子供のためにチャントを歌ってもらって、がんばってと言われるなんて思ってもみなかったギフトでした。サンディー先生や他の先生たち、クラスのみなさんありがとう！　と思います。私も誰かが妊娠するたびに全力で幸せを祈ろう！　と思いました。

このシリーズの表紙を描いてくださっている千峰さんともフラのクラスで知り合いました。とてもフェミニンで妖艶《ようえん》な彼女そのままの絵で私の日常を彩《いろど》ってくれて、どうもありがとう。そしてこの本に関わってくれた全《すべ》ての人に、変わらぬ感謝を捧《ささ》げます。

よしもとばなな

2003年　秋

本書は新潮文庫のオリジナル編集である。

子供《こども》ができました

―yoshimotobanana.com 3―

新潮文庫　よ-18-9

平成十五年十一月一日発行
平成十八年二月十日八刷

著者　よしもとばなな
発行者　佐藤隆信
発行所　株式会社新潮社

郵便番号　一六二―八七一一
東京都新宿区矢来町七一
電話　編集部(〇三)三二六六―五四四〇
　　　読者係(〇三)三二六六―五一一一
http://www.shinchosha.co.jp

価格はカバーに表示してあります。
乱丁・落丁本は、ご面倒ですが小社読者係宛ご送付ください。送料小社負担にてお取替えいたします。

印刷・錦明印刷株式会社　製本・錦明印刷株式会社

ISBN4-10-135920-2 C0195